"Comment osez-vous me parler ainsi?"

"Vos chances de mariage diminuent chaque fois que vous ouvrez la bouche," se moqua Leonardo.

"Je pourrais me marier immédiatement si je le désirais," répliqua Joanna. "Mais, dites-moi, Signore, renonceriez-vous à votre liberté, à certains idéaux pour épouser un inconnu et céder aux désirs de votre famille?"

"Peut-être que oui, cela dépendrait bien sûr de mon degré d'affection pour ma famille…"

"Fort bien, Signore, je vous prends au mot. Vous affirmez vouloir le bonheur de Sara et Vincenzo. Eh bien, je vous mets au défi… Je vous promets que je me marierai aussi vite que possible… à condition, Signore, que vous soyez mon époux!"

DANS HARLEQUIN ROMANTIQUE

Margaret Rome
est l'auteur de

DANS COLLECTION HARLEQUIN

Margaret Rome
est l'auteur de

Le lion de Venise

Margaret Rome

Harlequin Romantique

PARIS • MONTREAL • NEW YORK • TORONTO

Publié en juin 1983

ISBN 0-373-41193-6

Dépôt légal 2ᵉ trimestre 1983
Bibliothèque nationale du Québec et Bibliothèque nationale
du Canada.

Imprimé au Québec, Canada—Printed in Canada

1

— Joanna, si tu ne te maries pas sous peu, je rentrerai au couvent ! Ou bien, je me laisserai dépérir. Ou encore, je…

— Commencerai une brillante carrière d'actrice, compléta Joanna avec ironie. Vraiment, Sara, réalises-tu le sens de tes paroles ?

La moue boudeuse de Sara s'accentua et elle jeta un regard plein de rancune à sa sœur aînée.

— Tu as toujours été un garçon manqué, accusa-t-elle méchamment. Je ne comprends pas pourquoi tu t'obstines à refuser ta condition de femme… Tu ne réussiras jamais à remplacer le fils que papa n'a jamais eu…

Joanna lui fit brusquement face. Un rayon de soleil accrocha des reflets d'or rouge à ses cheveux blond vénitien. La colère prêtait à ses yeux verts le dur éclat des émeraudes. Elle s'éloigna de la haute fenêtre qui surplombait le Grand Canal et s'avança lentement vers sa sœur. Son pas souple dévoilait, sous la fluide soie de sa robe, la minceur racée mais extrêmement féminine de son corps.

— Chère Sara, se moqua-t-elle à voix basse. Tu as réalisé ta plus chère ambition, n'est-ce pas ? Te voilà prête à épouser un gentilhomme vénitien… Après des mois de négociations serrées entre ton fiancé et notre père, après d'innombrables entrevues où vous m'avez fait jouer malgré moi le rôle de chaperon, nous allons enfin signer le fameux contrat de mariage ! A la suite de quoi, Vincenzo s'appropriera une bonne part de la fortune des Domini... Tu dois être aux anges...

— Tais-toi ! cria Sara, ses yeux bruns encore assombris par la fureur. Tu présentes les choses sous un angle sordide ! Vincenzo et moi nous sommes aimés dès le premier regard !

— Tant mieux pour vous ! répliqua Joanna d'un ton sarcastique. Si l'on considère l'étendue de ta dot, il t'aurait de toute façon demandée en mariage, même si tu avais été bossue, chauve, et affublée de lunettes à triple foyer... Ta beauté constitue pour lui une prime inattendue et agréable à l'affaire...

Le caractère de Sara pouvait être qualifié de volcanique. Les malicieuses insinuations de sa sœur la firent bondir sur ses pieds. Ses traits se figèrent sous l'effet de la rage. Une fois de plus, Joanna remarqua la ressemblance frappante qui existait entre son père et sa sœur cadette. Ils possédaient le même teint mat, les mêmes cheveux et yeux bruns, et surtout le même tempérament coléreux, ardent, mais cependant profondément matérialiste. Sans ce dernier trait de caractère, Enrico Domini, leur père, ne serait pas devenu l'un des plus riches industriels d'Angleterre, pays réputé pour sa dureté et sa méfiance envers les émigrants.

— Comment oses-tu insinuer que Vincenzo est attiré par la fortune de papa ? cria Sara. Je suis sûre qu'il m'aime comme je l'aime, c'est-à-dire à la folie ! Nous ne vivons plus que pour le jour où nous pourrons enfin nous marier, et tu t'obstines à dresser un dernier obstacle à la réalisation de notre rêve, égoïste ! Mais qu'ai-je fait au ciel pour mériter une sœur comme toi ?

— Quelles bêtises ! jeta impatiemment Joanna par-dessus son épaule en se dirigeant à nouveau vers la fenêtre.

— Ce ne sont pas des bêtises ! se révolta Sara en tapant du pied. Tu sais fort bien que dans notre famille la tradition veut que la fille aînée se marie la première ! Papa n'a pas l'intention de faillir à cette vieille coutume. Aussi heureux soit-il de mes fiançailles avec Vincenzo, il ne nous autorisera pas à fixer une date pour le mariage avant que tu n'annonces tes propres fiançailles ! Il voit pourtant combien Vincenzo et moi sommes impatients... Mais il se contente de m'apaiser avec de vagues promesses.

Elle éclata d'un rire amer avant de répéter avec dérision les conseils paternels :

« Attendez encore un peu, mes enfants. Venise, la ville natale de notre grand Casanova, abonde en hommes séduisants. Tôt ou tard, Joanna trouvera celui qui... »

Sara se tut brusquement et se mordit les lèvres, consciente de son impair. Confuse, elle attendit avec crainte la réaction de sa sœur.

— Je comprends tout... murmura celle-ci avec une dangereuse douceur. Je sais à présent pourquoi papa a tant insisté pour que je vienne vous rejoindre à Venise ! Je vais être mise, dès aujourd'hui, sur le marché matrimonial de la ville. Vous m'agiterez comme un appât devant tous ces nobles sans le sou qui espèrent, en m'épousant, pouvoir poursuivre leur vie oisive dans leurs vieux palais décatis !

— Non, Joanna ! nia Sara avec l'énergie du désespoir. Papa désire seulement que tu rencontres un homme qui te rendra heureuse, aussi heureuse que je le suis avec Vincenzo, aussi heureuse que papa et maman l'ont été ensemble...

— Maman... soupira l'aînée, momentanément adoucie par le souvenir de leur mère disparue. J'aimerais tant qu'elle soit encore parmi nous ! Elle aurait pris mon parti contre ces institutions italiennes démodées...

Soulagée de voir sa sœur d'humeur plus sereine, Sara remarqua d'une voix tendre :

— Maman doit beaucoup te manquer... Vous vous ressembliez beaucoup. J'ai eu beaucoup de chagrin à sa mort, mais tu as dû en souffrir tellement plus que moi...

Elle l'étudia en silence avant de décréter avec assurance :

— Tu es très anglaise, Joanna. Personne ne devinerait jamais tes ascendances italiennes. Tu as hérité de maman ses cheveux blond roux, son teint clair, sa grâce de mouvements, mais surtout sa manière logique et précise de raisonner, chose typiquement britannique. Te souviens-tu ? Elle refusait de nous raconter les contes de fées traditionnels, le soir, et préférait nous lire des articles de journaux. Elle voulait, disait-elle, nous mettre dès le plus jeune âge en contact avec la réalité, l'actualité de l'Angleterre et de l'étranger. Je suppose qu'elle souhaitait ainsi contrebalancer l'influence latine de notre famille italienne. Mais je m'endormais immédiatement à la lecture de ces articles. En revanche, tu buvais ses paroles ! Vous reparliez même de ces fameuses nouvelles le jour suivant ! Elle se serait réjouie de ton choix de carrière. En ce qui nous concerne, papa et moi, nous avons été plutôt... plutôt étonnés par ta décision...

Joanna jeta un coup d'œil circonspect à sa sœur, hésita, puis prit le parti de rire.

— Menteuse ! accusa-t-elle en souriant. Papa et toi n'étiez pas étonnés, mais tout simplement horrifiés. Avoue-le ! La profession de chercheur scientifique est la plus incongrue que vous puissiez imaginer pour une femme...

— Eh bien, répondit Sara, hésitante. C'est peut-être un métier très honorable pour une Anglaise, mais pour une Italienne...

— Nous y voilà ! rétorqua Joanna, une lueur de colère s'allumant à nouveau dans ses prunelles vertes.

J'aimerais que vous acceptiez une fois pour toute cette réalité : je suis avant tout anglaise. Libre à toi de te considérer italienne, tu en as le droit le plus strict. Mais n'essaye pas de me convertir à tes opinions ! Et transmets de ma part ce message à papa, en termes clairs et nets : je ne me marierai pas ! J'entends me consacrer à ma carrière...

— Mais, Joanna... gémit Sara. Cela signifie que Vincenzo et moi ne pourrons jamais nous marier !

— Mais c'est ridicule ! coupa Joanna avec irritation. Si le Signore Marvese t'aime autant que tu le prétends, il t'épousera avec joie, avec ou sans l'alléchante dot promise par papa... En fait, je te rends un grand service. Grâce à moi, tu découvriras si son amour pour toi est authentique...

Sara s'enferma dans un silence offensé. Désœuvrée, sa sœur appuya son front au carreau de la fenêtre et s'absorba dans la contemplation du paysage qui s'offrait à ses yeux. Deux rangées de palais bordaient le Grand Canal et celui dans lequel elles se trouvaient surpassait tous les autres par les proportions et la richesse de sa façade. Joanna s'était souvent demandé pourquoi les Vénitiens construisaient de si grandes bâtisses quand leur ville souffrait depuis toujours du manque d'espace. Cela était dû, réfléchit-elle, à leur vanité. Ils adoraient faire étalage de leur fortune et impressionner leurs amis, leurs ennemis, le monde entier. Comme ils avaient dû être humiliés par la lente décadence de leur cité, ancienne reine de l'Adriatique ! La jeune fille fronça le nez avec dégoût. Pour elle, le Grand Canal n'était qu'un monstrueux égout, alimenté en eaux sales et immondices par cinquante autres canaux plus modestes. Des lignes sombres, au flanc des maisons, témoignaient des régulières inondations qui envahissaient les caves et parfois même les rez-de-chaussée. En cette fin d'après-midi, la marée se trouvait à son niveau le plus bas et les eaux du canal exposaient sans pitié les fondations lépreuses et moussues des palais rongés d'humidité.

Joanna et son père étaient arrivés quelques heures auparavant seulement à Venise. Elle n'avait pas encore eu l'occasion de visiter les lieux où ils résideraient pour toute la durée de leur séjour. Ils y étaient parvenus dans la vedette envoyée tout spécialement à leur intention. Son père avait exprimé verbalement sa satisfaction en prenant pied sur le *campo*, allée pavée menant directement du quai au perron du palais. Ce *campo* prouvait tacitement à tous les visiteurs que les ancêtres du maître de maison avaient été nobles, ou riches, ou encore les deux à la fois...

Joanna se détourna du paysage qui ne lui inspirait qu'ennui et demanda distraitement :

— A propos, qui est notre hôte ? Je ne l'ai pas encore rencontré...

— Il s'agit du comte Leonardo Tempera, l'informa Sara avec un air important, espérant visiblement l'impressionner. C'est un cousin de Vincenzo... Comme tu le sais, la mère de Vincenzo s'est trouvée veuve très jeune et son frère, le père de Leonardo, l'a prise sous sa protection, ainsi que ses enfants. Leonardo a hérité du titre de comte à la mort de son père et il occupe maintenant la place de chef de famille. Il a insisté pour nous héberger durant notre séjour car son palais est bien plus grand que celui de son cousin.

— Quel esprit de famille ! railla Joanna, irritée. Pour ma part, j'aurais préféré loger chez grand-mère. Pourquoi vivre chez des étrangers quand elle habite tout près ? C'est ridicule ! Tu ne trouves pas ?

Sara ne répondit pas et sa sœur, alertée par cet étrange silence, se tourna vers elle ; elle la surprit à lisser nerveusement les plis de sa jupe en gardant les yeux obstinément fixés au sol. Enfin, ne pouvant plus supporter le regard inquisiteur de Joanna, elle se décida à répondre.

— Nous... c'est-à-dire, papa et moi, avons pensé que la maison de grand-mère ne nous conviendrait pas... Vois-tu, nous allons devoir rendre les invitations de la famille de Vincenzo. Nous le ferons en louant les salons privés d'un grand hôtel. Mais si nous logions chez grand-mère, nous devrions également organiser les réceptions chez elle et...

— Pourquoi pas? questionna Joanna, scrutant le visage rouge d'embarras de sa cadette. En quoi cela pose-t-il un problème?

— Grand-mère est un peu trop âgée, à présent, pour toute cette agitation, objecta Sara, le regard fuyant.

— Trop âgée? répéta Joanna, incrédule. Tu plaisantes! Elle adore recevoir, tu le sais aussi bien que moi!

— Sa maison n'est pas assez spacieuse, argumenta Sara avec désespoir, et elle est située trop loin du centre de Venise...

Soudain l'aînée comprit les raisons qui avaient poussé sa sœur à préférer le domicile du comte Tempera à celui de leur grand-mère. Tout son être se révolta devant tant de mesquinerie.

— Petite prétentieuse! s'écria-t-elle, outrée. La vérité est que tu trouves sa maison trop modeste! D'après toi, la nourriture qu'elle servirait à tes nobles amis offenserait leurs papilles délicates et raffinées! Tu me fais honte, Sara! Et papa encore plus! Dieu sait pourtant qu'il prétend être fier de ses origines modestes! Mais, si j'en juge bien par cette conversation, il semble lui aussi vouloir oublier la mère qui a lutté toute sa vie pour nourrir, vêtir et éduquer six enfants sur le salaire d'un ouvrier à la soufflerie de verre de Murano!

Sara releva le menton d'un air de défi et répondit aux accusations de sa sœur avec toute la véhémence dont elle était capable.

— J'aime grand-mère autant que toi, se défendit-elle, et papa la vénère! Mais il a conscience qu'elle n'aurait pas sa place dans la société que nous fréquentons à présent. Traite-nous de ce que tu veux, mais, selon moi, tu es la plus orgueilleuse de nous trois! Tu te crois simple. Pourtant, tu n'as jamais connu la pauvreté, alors pourquoi prends-tu le parti de ceux qui en ont véritablement souffert par le passé? Grand-mère n'est vraiment pas à plaindre. Papa lui verse une énorme mensualité et elle a tout ce qu'elle peut désirer... Mais elle refuse obstinément de déménager pour s'installer dans un quartier plus élégant, comme papa le lui a souvent proposé. Je n'ai jamais connu de femme si entêtée! Si elle insiste pour conserver son vieux mode de vie, soit. Mais pourquoi l'adopterions-nous aussi? D'ailleurs, papa est parti lui rendre visite, sans doute pour lui expliquer cette situation. Je pense qu'il le fera avec tact...

Sans mot dire, Joanna tourna les talons et se dirigea vers la porte qui séparait leurs deux chambres communicantes. Sara la suivit d'un regard à la fois incrédule et inquiet. Elle était habituée aux explosions de colère de sa sœur, si semblables aux siennes, mais ce silence, ce visage fermé où transparaissait un incompréhensible mépris la déroutaient. Elle aurait préféré des cris, des injures. Elle se demandait maintenant si son père et elle n'avaient pas commis une erreur de savoir-vivre en préférant l'hospitalité du comte à celle de leur grand-mère. Que penseraient leurs relations de cet arrangement? Partageraient-ils l'avis défavorable de Joanna?

Parvenue à la porte, cette dernière se tourna vers Sara et lança d'une voix froide :

— L'orgueil n'est jamais satisfait, ma chère sœur. Il lui faut toujours trouver une autre montagne à conquérir et, de ce fait, dédaigner un nombre toujours plus grand d'individus. Prends garde, tu risques de te retrouver un jour abandonnée sur un sommet solitaire, coupée du reste de l'humanité. Qui te consolera si tu tombes de ta tour d'ivoire ?

— Certainement pas toi, Joanna, j'en suis sûre ! riposta hargneusement Sara. Tu plieras déjà sous le poids de tes grands airs !

Une fois seule dans sa chambre, Joanna se mit à l'arpenter nerveusement de long en large, indifférente à la beauté du décor qui l'entourait. De longs rideaux de la dentelle la plus arachnéenne ombraient les hautes fenêtres. L'immense lit à baldaquin offrait à l'œil l'harmonie brune et or de son couvre-lit et de ses tentures de satin. Chaque meuble était une pièce de collection et témoignait par ses marqueteries et incrustations délicates du génie des artisans vénitiens.

Les yeux rivés au sol, Joanna écrasait d'un talon rageur les fleurs tissées dans le tapis recouvrant le parquet ciré. Elle souffrait de l'insulte infligée à la fierté de sa grand-mère par l'indélicatesse de sa sœur et de son père. Sa loyauté naturelle se révoltait devant cet indigne traitement de la vieille dame qu'elle chérissait. Elle fut un instant tentée de partir la retrouver, laissant à ses proches le soin de trouver une excuse à son étrange départ. Mais elle se ravisa. Le bonheur de Sara était en jeu. La famille de Vincenzo ne pardonnerait jamais ce manque au plus simple savoir-vivre.

La jeune fille jeta un rapide coup d'œil à sa montre-bracelet. Dans moins d'une heure, le dîner réunissant les familles des deux fiancés et leurs invités commencerait dans la salle à manger du palais. Elle réfléchit. Si, après avoir fait acte de présence à cette cérémonie, elle quittait le palais et rendait visite pour quelques jours à sa grand-mère avant de repartir discrètement pour l'Angleterre ? Satisfaite de sa décision, elle décida d'en avertir immédiatement son père et partit à sa recherche. Elle frappa d'abord à la porte de sa chambre mais personne ne lui répondit. Aussi descendit-elle au rez-de-chaussée, parcourant de longs corridors silencieux avant de trouver l'imposant escalier. Parvenue dans l'immense et intimidant hall d'entrée, elle s'immobilisa, désorientée. De nombreuses portes s'offraient à elle mais laquelle conduisait au salon ? Son père s'y trouverait assurément. Il devait à présent être revenu de sa visite chez sa mère, et, étant un homme très ponctuel, il se serait déjà changé pour le dîner.

Joanna distingua soudain un vague murmure et se dirigea vers la porte entrouverte d'où lui parvenait ce bruit de conversation. Tandis qu'elle hésitait, ne sachant si elle devait frapper, elle reconnut la voix de Vincenzo, le fiancé de sa sœur.

— D'après la description que m'en a faite Sara, disait-il, Joanna est une vraie peste ! Elle refuse de se marier, même si cela compromet notre propre mariage... Elle désire, paraît-il, faire carrière !

— Vraiment ? intervint une voix grave et masculine où perçait un certain amusement. Et quel genre de carrière veut embrasser cette Signorina ?

— Elle souhaite se consacrer à la recherche scientifique ! Il lui faudra encore attendre quelques années avant de parvenir à son but, car elle étudie toujours à l'université pour obtenir ses diplômes. Et dire que Sara et moi allons peut-être devoir patienter trois ans avant de nous unir, par la faute de son obstinée de sœur !

— Evidemment, c'est fâcheux... commenta l'autre. Mais la fameuse Joanna ne prend-elle pas sa carrière comme prétexte pour ne pas avouer un fait embarrassant ? Peut-être n'a-t-elle jamais reçu aucune marque d'intérêt de la part des hommes... Après tout, je ne serais moi-même pas enthousiaste à l'idée de courtiser une future chercheuse scientifique ! Quelle horreur... Je parie qu'elle est laide et dotée d'un ordinateur à la place du cerveau ! Imagine-toi en train d'embrasser une de ces machines à chiffres et à équations ! Très peu pour moi... Je préfère une vraie femme, chaleureuse, affectueuse, vibrante de féminité. Ne partages-tu pas mon opinion?

— Une femme comme Francesca, n'est-ce pas? demanda malicieusement Vincenzo en étouffant un petit rire.

— Certainement pas! rétorqua son interlocuteur avec une sévérité inattendue. Ne mentionne jamais le nom de Francesca dans ce genre de bavardages, veux-tu...

Vincenzo murmura précipitamment quelques excuses mais Joanna ne les entendit pas. Elle fuyait le long des interminables couloirs, les joues brûlantes de rage. Parvenue dans sa chambre, elle claqua la porte derrière elle et s'y adossa, haletante, toutes les fibres de son corps tendues sous l'emprise d'une colère irrépressible.

— Imbécile! fulmina-t-elle à voix basse. Préten-tieux, vulgaire, stupide personnage!

Elle serra les poings, souhaitant avoir devant elle l'arrogant inconnu pour lui faire payer par la force ses méprisantes railleries. Lui qui avait interdit à Vincenzo de se permettre la plus légère insinuation sur le compte de Francesca, une femme italienne et donc res-pectée!...

— Je souhaite beaucoup de bonheur à Francesca, qui qu'elle soit, murmura la jeune fille avec dédain. Elle peut garder ce rustre pour elle!

2

Une demi-heure plus tard, Joanna était prête à rejoindre les invités, déjà rassemblés au salon du rez-de-chaussée. Son père et Sara frappèrent tour à tour à la porte de sa chambre, lui enjoignant de se dépêcher. Elle leur cria de ne pas l'attendre pour descendre accueillir leurs parents et amis.

La jeune fille tenait à apparaître la dernière à la réception, pour une raison bien précise... Elle patienta encore un quart d'heure puis sortit d'un pas résolu de sa chambre, sans jeter le moindre coup d'œil à son miroir. Elle descendit et, une fois parvenue au rez-de-chaussée, elle se posta dans l'entrée du grand salon d'apparat, immobile, attendant d'être remarquée. Devant elle, lui tournant le dos, se trouvaient Vincenzo et Sara, flanqués à droite de Enrico Domini, qui arborait le traditionnel visage réjoui du père de la fiancée. Sur leur gauche se tenait un homme mince et de haute taille. Joanna devina immédiatement qu'il était l'arrogant interlocuteur de Vincenzo. Il s'agissait donc du comte, leur hôte... Il portait un smoking de coupe parfaite, flattant sa large carrure, et des boutons de manchettes en or brillaient aux poignets de ses mains brunes croisées derrière son dos. Son port de tête altier dénotait, même de dos, un caractère fier et accoutumé à plier son entourage à ses volontés. Soudain, une invitée aperçut Joanna et poussa un cri de surprise. Une seconde exclamation, puis une troisième alertèrent l'assistance. Les conversations moururent pour laisser place à un silence de stupéfaction. Vincenzo, Sara, son père et le comte se retournèrent simultanément pour en connaître la cause. Ils découvrirent Joanna, adossée nonchalamment à l'embrasure de la porte et vêtue d'un vieux jean délavé, roulé jusqu'au genou sur des chaussettes à rayures multicolores et une paire de sandales usées. Son tee-shirt orange vif proclamait en grosses lettres noires : « Je suis une dévergondée. » Deux rubans vert pomme séparaient ses longs cheveux en deux nattes enfantines. Défiant l'assemblée d'un regard provocant, la jeune fille gonfla ses joues et forma entre ses lèvres fardées de violet une énorme bulle de chewing-gum. La bulle éclata soudain, et elle s'essuya négligemment la bouche du revers de la main avant de frotter celle-ci sur la cuisse de son pantalon.

— Joanna, comment oses-tu ? balbutia Sara, horrifiée.

Nullement décontenancée par le regard meurtrier dont l'accablait son père, Joanna s'avança vers l'inconnu brun.

— Bonjour, vous devez être le comte, commença-t-elle, fort à son aise. Je suis Joanna, la sœur de Sara…

A sa grande déception, le comte ne perdit pas son aplomb. Elle vit même un petit sourire amusé étirer ses lèvres tandis qu'il s'inclinait sur sa main poisseuse de chewing-gum.

— Enchanté de faire votre connaissance, la salua-t-il dans l'anglais le plus parfait. Mes hommages, Signorina…

Les yeux de Joanna s'arrondirent de surprise et toute sa belle assurance s'évapora. Elle s'était attendue à une surprise scandalisée de la part de son hôte mais il ne s'était à aucun moment départi de sa superbe courtoisie. Frénétiquement, elle chercha la réplique grossière et cinglante qui aurait fait voler en éclats ce masque impénétrable. Mais son esprit refusa de fonctionner et elle dut garder le silence, perdant ainsi l'avantage escompté de son entrée fracassante. Le comte avait indéniablement gagné la première manche...

Son père la tira de cette épineuse situation. Murmurant quelques excuses à l'adresse du comte, il agrippa le poignet de sa fille et l'entraîna précipitamment hors du salon et de la vue des invités. Il la propulsa sans douceur aucune vers un petit salon. Une fois à l'intérieur, il claqua la porte derrière eux et se tourna vers la jeune fille, menaçant :

— J'exige une explication pour ce scandaleux comportement ! explosa-t-il.

Joanna s'effraya du visage rouge de rage de son père. Pour la première fois, sa colère était dirigée contre elle. Enrico Domini adorait ses filles et les gâtait outrageusement, leur offrant aussi, depuis toujours, une tendresse inépuisable. Ce brusque retournement de situation la déconcertait. Néanmoins, elle décida d'être honnête avec son père, et se forçant à soutenir son regard sévère, elle commença bravement, d'une voix mal assurée :

— Je voulais protester... Quand Sara m'a informée de votre intention d'isoler grand-mère des cérémonies de fiançailles, j'ai véritablement eu honte de faire partie de votre famille...

Enrico Domini croisa ses bras sur sa poitrine et fixa sa fille d'un regard dénué de toute indulgence :

— Et, bien sûr, conclut-il, comme à ton habitude, tu as suivi tes impulsions avant même de m'avoir entretenu de ce problème... Vêtue comme une souillon, tu viens de te donner en spectacle devant les personnes les plus raffinées de la terre... Tu ne trouveras jamais, dans tout Venise, une femme ou une jeune fille dans une tenue si déplorable. En fait, les seuls individus négligés de cette ville sont les touristes ! Ces vêtements, continua-t-il en désignant avec mépris le jean et le tee-shirt de Joanna, ne choquent peut-être personne dans une université anglaise. Mais ici, pour rien au monde une femme digne de ce nom n'accepterait de porter un pantalon ! Tu n'ignores pas qu'il est considéré comme la chose la moins féminine du monde ! Mais, malgré cela, tu nous déshonores, ta sœur et moi, en descendant dîner dans un accoutrement qui ferait frémir d'horreur une femme de chambre ! Tu es l'aînée de mes filles, Joanna, tu as maintenant vingt-trois ans, mais je commence à croire que Sara, malgré ses dix-huit ans, est plus mûre que toi !

La jeune fille pâlit, blessée jusqu'au plus profond d'elle-même par le ton méprisant dont son père avait prononcé ces mots. Ses yeux se brouillèrent de larmes mais elle les ravala et lui fit face.

— Tu n'as pas le droit d'éloigner grand-mère de nous en cette occasion, accusa-t-elle. Pas un seul de ces nobles décadents ne lui arrive à la cheville !

— Je partage tout à fait ton opinion, riposta Enrico Domini. A présent, écoute-moi. Grand-mère elle-même ne se sentait pas de force à recevoir chez elle ces gens si différents d'elle. Elle m'a écrit en Angleterre, il y a un mois, pour me supplier de lui épargner cette épreuve et me demander d'expliquer ses raisons à la famille de Vincenzo. Elle est âgée à présent et de santé fragile. Je me suis donc rendu à sa requête et j'ai accepté l'hospitalité du comte, bien malgré moi, car j'aurais désiré la présenter à nos nouveaux parents. Mais je n'ai jamais eu l'intention de l'écarter des réceptions !

Un lourd silence tomba. Joanna fixait son père, les yeux agrandis de surprise. Une rougeur subite envahit son front et elle se précipita dans ses bras, honteuse et repentante.

— Oh, papa, supplia-t-elle, pardonne-moi... Je t'ai mal jugé... Je le regrette tant !

Il la berça doucement contre lui jusqu'à la fin de sa crise de larmes. Il lui prit ensuite le menton entre ses doigts et l'obligea à le regarder. Après l'avoir longuement observée, il hocha tristement la tête.

— Qu'allons-nous faire de toi? murmura-t-il. Je crains que ton impulsivité ne t'apporte un de ces jours de grands chagrins... Tu dois apprendre à te contrôler, ma petite fille, et particulièrement à réfléchir avant d'agir... Maintenant, tu vas présenter des excuses au comte en bonne et due forme...

— Présenter des excuses au comte! s'exclama Joanna, horrifiée, en reculant d'un pas. Jamais!

— Si tu refuses, prévint son père, je ne t'accorderai plus ta pension mensuelle. Et il me semble que tu tiens beaucoup à devenir une chercheuse scientifique... Bien sûr, le gouvernement britannique accorde quelques bourses aux élèves brillants, mais une fois les livres et le logement payés, que te resterait-il? Tu ne peux travailler et continuer tes études en même temps... Réfléchis bien, Joanna. La décision t'appartient... Ou tu t'excuses auprès du comte pour ton déplorable comportement, ou tu te prépares à une vie très difficile...

Abasourdie, Joanna étudia son père d'un regard incrédule. Etait-ce bien le même homme qui, par le passé, lui avait accordé tous ses caprices? Mais il ne plaisantait visiblement pas, la sévérité de ses traits le prouvait amplement. Il avait dit la vérité. Elle ne pourrait continuer sérieusement ses études sans son aide financière. Bien qu'elle fût tentée de partir en claquant la porte derrière elle, lui criant de garder son argent, elle avait assez de bon sens pour comprendre que ce geste sonnerait le glas de toutes ses ambitions professionnelles.

— Tu espères me donner une leçon d'humilité, n'est-ce pas, papa? demanda-t-elle d'un ton plein de rancune.

— Cela te fera le plus grand bien, rétorqua Enrico

Domini, devinant que sa fille se rendait, bien qu'à contrecœur. Mais avant tout, je veux que le comte oublie cet incident gênant, pour la bonne entente future de nos familles. Seules des excuses de ta part effaceront l'outrage que tu lui as infligé devant ses invités.

Le gong de la salle à manger résonna dans les profondeurs du palais, épargnant à Joanna le sermon que son père se préparait à lui admonester.

— Je dois rejoindre Sara et Vincenzo, remarqua Enrico Domini. J'excuserai ton absence au repas, bien entendu, et je demanderai au comte de t'accorder cinq minutes d'entretien privé à la fin du dîner. Pendant ce temps, fais-moi le plaisir de te changer et de rendre ton visage plus présentable. Autrement...

Sur cette subtile menace, il sortit du boudoir et referma doucement la porte derrière lui. A bout de nerfs, Joanna soupira et se mordit les lèvres.

— Faire des excuses à ce... à ce... Oh, non ! gémit-elle, partagée entre la rage et le désespoir.

Elle sortit à son tour du petit salon et monta dans sa chambre au pas de charge. Après une heure passée à arpenter la pièce de long en large, en proie aux tourments de la révolte et de l'humiliation, elle s'avoua enfin vaincue. Elle nettoya son visage outrageusement fardé avant de se remaquiller discrètement et de passer une tenue plus décente. Elle choisit à dessein la toilette la plus classique de sa garde-robe. Son miroir lui renvoya bientôt l'image d'une jeune fille sage, vêtue d'une longue robe de mousseline gris perle, bordée au col et aux poignets d'un parement de dentelle. Elle ressemblait à présent à une écolière timide.

Ces préparatifs achevés, elle s'assit près de la fenêtre pour attendre, l'esprit vide. Enfin, une domestique frappa à la porte et l'informa que le comte l'attendait dans son bureau.

« Les Vénitiens ont toujours le goût de la mise en scène », remarqua distraitement Joanna en son for intérieur tandis qu'elle s'avançait vers son hôte, assis au fond du grand bureau aux murs recouverts de livres reliés de cuir précieux. Il se leva pour l'accueillir et attendit qu'elle soit confortablement installée dans un grand fauteuil, devant son secrétaire d'époque, pour se rasseoir.

— Votre père m'a dit que vous désiriez me parler... commença-t-il.

Joanna remarqua la lueur moqueuse qui brillait dans ses yeux mi-clos et le sourire énigmatique étirant les coins de ses lèvres fermement dessinées. Elle détesta d'instinct son air de prince de la Renaissance, son nez aquilin, son inquiétant regard sombre, et par-dessus tout sa royale assurance. Selon elle, ce masque noble et poli comme un bronze antique ne dissimulait qu'arrogance et mépris pour le commun des mortels. Néanmoins, la tranquille impudence avec laquelle il l'observait la mit mal à son aise et elle s'agita nerveusement sur son siège, désireuse d'échapper à son attention.

— Il m'est difficile de croire que la jeune fille rencontrée avant le dîner et vous êtes la même personne, remarqua-t-il soudain. En réalité, vous êtes très belle...

Il prononça cette dernière phrase d'un ton si détaché, si indifférent, que Joanna en fut vexée dans son amour propre.

— Mon père insiste pour que je vous présente des excuses, annonça-t-elle abruptement.

Souriant, le comte attendit quelques instants avant de répondre :

— Votre père le désire, mais vous ne partagez pas son avis sur la question, n'est-ce pas ?

Elle rougit violemment, honteuse d'être si transparente à ses yeux, et se leva d'un bond.

— Je me suis mal exprimée, corrigea-t-elle. Signore, veuillez accepter toutes mes excuses pour un incident qui vous a peut-être embarrassé devant vos invités...

22

Elle tournait les talons pour sortir, considérant son devoir accompli, quand la voix du comte l'arrêta.

— Un instant, je vous prie, Signorina… Tout comme vous, je ne considérais pas ces excuses nécessaires… Cependant, je voudrais vous entretenir d'un autre sujet. Pourriez-vous m'accorder encore quelques minutes d'attention ?

Surprise, Joanna regagna son fauteuil, mais elle s'y assit le dos droit, les épaules rigides, observant son vis-à-vis avec méfiance.

— Vous fumez ? s'enquit-il en lui tendant un étui à cigarettes en argent.

— Non merci, refusa-t-elle.

— En Italie, il n'est pas très bien considéré de fumer, pour une femme. Mais je sais que beaucoup d'Anglaises ne peuvent vivre sans leurs cigarettes… Donc, si mes informations sont exactes, vous êtes une jeune fille libérée et vous soutenez avoir le droit de choisir votre destinée, même au détriment du bonheur de votre jeune sœur…

Joanna saisit immédiatement le sous-entendu désapprobateur qui perçait sous les paroles du comte.

— Ne jouons pas avec les mots, Signore ! l'interrompit-elle agressivement. Pourquoi ne me traitez-vous pas directement d'égoïste, de « cœur-de-pierre » ? C'est ainsi que vous me considérez, car je refuse de suivre la tradition familiale et de me marier avant Sara. Cependant, ni vous, ni personne ne réussirez à me faire changer d'avis ! Et je n'éprouve aucun sentiment de culpabilité vis-à-vis de ma sœur. Si j'étais à sa place, je me marierais, avec ou sans l'autorisation de notre père. Du moins, si j'étais aussi amoureuse d'un homme qu'elle prétend l'être de Vincenzo… Le seul obstacle à ce mariage est en vérité le peu d'enthousiasme de votre cousin à épouser Sara sans le consentement paternel… Et j'interprète ces scrupules non pas comme une délicatesse de sa part mais comme la peur de se voir privé de la fortune des Domini...

A sa grande déception, les traits du comte restèrent de marbre. Il ne trahit extérieurement aucune colère à ces paroles insultantes pour son cousin. Ses yeux inspectèrent Joanna des pieds à la tête avant de s'arrêter sur son visage buté aux yeux brillant de défi.

— Quel mépris vous affichez... remarqua-t-il calmement. Je veux dire, pour votre sœur... Sara est si belle, si charmante, comment pouvez-vous douter de l'amour de Vincenzo pour elle ?

— Je ne crois pas qu'aucun Vénitien soit capable d'aimer véritablement, répliqua-t-elle avec assurance. Vous êtes un peuple au cœur froid, Signore, sans passion, adorant avant tout les richesses matérielles et l'envie que vous provoquez grâce à elles chez vos voisins... Vous êtes des mercenaires, sans foi ni loi, si ce n'est celles du gain. Prenez par exemple les fameuses sérénades des jeunes gondoliers. Ces chansons sont d'origine napolitaine et non vénitienne. Il n'y a pas de ritournelles d'amour à Venise pour la bonne et simple raison que ses habitants ne savent pas aimer et encore moins mourir d'amour...

Le visage du comte s'était graduellement assombri au cours de cette tirade, mais à présent un léger sourire moqueur égayait son expression. Il ne haussa pas la voix pour objecter, presque paresseusement :

— Allons, Signorina, vous oubliez que notre fameux Casanova, le plus célèbre amant de tous les temps, était vénitien...

— Parlons-en ! rétorqua-t-elle avec véhémence. Casanova n'était pas une exception, en effet. Il était froid, misogyne, fourbe, menteur...

Le comte se leva soudain et sa haute silhouette domina Joanna.

— Vous vous êtes forgé une opinion bien défavorable de mes concitoyens depuis votre arrivée à Venise, conclut-il. Au fait, à quand celle-ci remonte-t-elle ?

Joanna se leva à son tour pour ne pas avoir à hausser les yeux vers lui. Elle voulait conserver tous ses avantages dans cette joute verbale. Le calme inébranlable du comte la mettait hors d'elle. Elle le soupçonnait de se moquer d'elle en son for intérieur.

— Depuis quelques heures seulement, admit-elle. Mais je vis depuis mon enfance dans une ambiance italienne. Mon éducation m'a vite mise au courant de vos tabous, de vos préjugés... J'en ai souffert, je m'en suis libérée, et c'est pourquoi justement j'affirme bien connaître votre mentalité...

— Certaines personnes, Signorina Domini, ne voient que ce qu'elles désirent voir et ne croient que ce qu'elles veulent bien croire... objecta le comte. Les femmes, tout particulièrement, sont sujettes à ces illusions... Et surtout celles qui refusent leur féminité et cherchent à imiter, à surpasser les hommes en tout. Le résultat de ce triste malentendu se résume souvent pour elles en une terrible rancune envers le sexe masculin. Ne pouvant le vaincre, elles se mettent à le détester... Pauvre petite ! Votre père m'a confié son regret de ne pas avoir eu de fils. Sans doute avez-vous cherché, inconsciemment, durant toute votre enfance, à remplacer ce garçon auprès de lui... Mais vous n'êtes parvenue qu'à le priver d'une fille, dont il aurait pu être fier, dont il aurait pu vanter les charmes et les vertus auprès de ses amis... Par votre faute, vous n'êtes plus pour lui qu'un sujet d'embarras et de soucis constants. Vos chances de mariage diminuent chaque fois que vous ouvrez la bouche...

Outrée, Joanna recula d'un pas. Elle venait d'avoir un exemple concret de la fourberie vénitienne... Usant de calme, de douceur, de courtoisie, le comte avait dissimulé un poignard derrière une cape de mots mielleux, suivant la perverse tactique du matador dans l'arène…

— Comment osez-vous ? balbutia-t-elle, cherchant frénétiquement dans son esprit paralysé par le choc les mots qui lui rendraient l'avantage. Je pourrais me marier immédiatement, si je le désirais ! Du moins, je pourrais épouser n'importe quel Vénitien… Il n'y a pas, dans cette cité de marchands, un seul homme que mon père ne soit capable d'acheter ! D'ailleurs, en ce moment même, il doit essayer de me vendre… Sara m'a déjà avoué qu'il m'avait amenée à Venise dans le seul but de me trouver rapidement un époux ! Ce soir, il m'a tancée vertement, Sara ne cesse de m'accuser de tous les défauts de la terre et, à présent, vous aussi m'infligez votre opinion ! Mais répondez-moi, Signore : renonceriez-vous à votre liberté, à certains idéaux, pour épouser un inconnu et céder ainsi aux désirs de votre famille ?

Le regard du comte scruta intensément le visage buté de la jeune fille. Il réfléchit longuement avant de répondre, semblant trouver plaisir à la faire attendre et à la mettre mal à son aise.

— Peut-être que oui, dit-il enfin, lentement, comme s'il pesait encore sa réponse. Cela dépendrait bien sûr de mon degré d'affection pour les personnes de ma famille…

Joanna interpréta immédiatement ces paroles comme une accusation. Il osait insinuer qu'elle n'aimait pas son père et sa sœur ! Son courroux prit le pas sur la prudence et la poussa à lancer un dangereux pari.

— Fort bien, Signore ! articula-t-elle d'une voix vibrant de rancune. Je vous prends au mot… Vous affirmez vouloir le bonheur de Sara et de Vincenzo. Vous prétendez que, si vous vous trouviez à ma place, vous vous sacrifieriez pour eux. Vous êtes un menteur, un lâche ! Et, pour ces raisons, je ne crains pas de vous mettre au défi… Je vous promets que je me marierai aussi vite que la loi le permet, demain même, si c'est possible...

Elle eut enfin la satisfaction de voir la surprise se répandre sur le visage du comte. Ses sourcils se haussèrent, ombrant un regard à la fois incrédule et satisfait. Triomphante, Joanna prit une grande inspiration et annonça avec ironie :

— A condition, Signore, que vous soyez mon époux !

3

La robe de mariée de Joanna avait été confectionnée et brodée à la main plus d'un siècle auparavant par les religieuses d'un ordre célèbre. La couronne qui maintenait en place le somptueux voile de dentelle ivoire imitait une tresse de feuilles à fines nervures, en or pur. Au cours des années, le métal précieux avait acquis une patine et une finesse extraordinaires. D'un geste brusque, Joanna posa la parure sur sa tête et observa d'un œil critique son reflet dans le miroir.

— Je ressemble à Néron! marmonna-t-elle en haussant les épaules avec dégoût.

La couronne glissa sur son front et elle la remit en place d'un geste impatient.

— Mais comment as-tu pu tomber dans ce piège grossier? accusa-t-elle avec rancune son image dans la glace. Ton défi est arrivé à point pour redorer le blason du comte! Pourquoi, mais pourquoi, au nom du ciel, as-tu voulu le provoquer ainsi?

Des pas résonnèrent dans le corridor qui menait à sa chambre et elle ôta la couronne pour la jeter avec mépris sur son lit. Quand Sara entra, elle était accoudée à la fenêtre, lui tournant le dos.

— Je viens de rencontrer Leonardo, annonça celle-ci. Il désire te parler... Naturellement, je lui ai promis que tu viendrais dès que je t'aurais communiqué son message...

— Vraiment ? railla Joanna. Pourquoi me précipiterais-je pour obéir à ses ordres ?

— Parce que... soupira Sara en haussant les épaules avec résignation. Parce qu'il est le comte, voilà tout. Il ne l'exige en aucune manière, mais nous lui devons malgré tout une certaine déférence...

— Certainement pas ! s'écria Joanna en frappant rageusement du pied. Cet homme est aussi creux que son compte en banque et son titre ne m'inspire aucun respect ! Je vous ai déjà raconté, à papa et à toi, comment il avait réussi à m'extorquer une promesse de mariage... Mais s'il persévère à vouloir m'épouser, je rendrai sa vie infernale et il ne sera pas long à quémander au Vatican une annulation spéciale !

— Bien fait pour toi ! répliqua Sara en souriant d'un air satisfait et en prenant avec précaution la couronne abandonnée sur le couvre-lit. Je n'éprouve aucune compassion à ton égard. Tu n'as obtenu que ce que tu méritais. Papa t'a souvent mise en garde contre ton impulsivité et ses conséquences... Ce qu'il avait prévu est arrivé... Par ta propre faute, tu te trouves dans une situation épineuse...

— Mais j'essayais seulement de dévoiler son hypocrisie ! protesta sa sœur avec véhémence. Comment pouvais-je deviner qu'il me tirerait de force au milieu des invités, avant que j'aie pu protester, et qu'il annoncerait avec grande cérémonie que j'acceptais de devenir sa femme ? Quel toupet !

Elle frissonna au souvenir des embarrassants événements qui s'étaient déroulés au cours de la soirée précédente.

— Il savait que je n'avais aucune intention de me marier, continua-t-elle avec amertume, mais il a refusé de revenir sur ce pari stupide !

— Et il ne remettra jamais sa décision en cause,

conclut Sara avec un fatalisme qui ne réussissait pas à dissimuler son soulagement. En fait, il n'a pas plus envie que toi de se marier... Mais il pense à Vincenzo. En tant que chef de la famille Tempera, il prend ses responsabilités très au sérieux et il est prêt à sacrifier sa liberté pour que son cousin puisse m'épouser. Tu viens de trouver un mari exceptionnel, Joanna, bien meilleur, en fait, que tu ne le mérites...

— Mais je ne veux pas de mari ! gémit Joanna, exaspérée. Les hommes ne m'intéressent pas sous cet aspect-là, même s'ils sont vertueux, même s'ils sont riches comme un armateur grec ou beaux comme un acteur de cinéma ! Et j'ai encore moins besoin d'un comte vénal qui a décidé que le carnet de chèques de papa l'aiderait à restaurer les fondations de son palais croulant !

— Leonardo est bien trop fier pour... protesta Sara.

Mais elle ne finit pas sa phrase car Joanna venait de quitter la chambre à grands pas, le front buté, les yeux brillant de défi. Elle partit à la recherche du comte et le trouva dans son bureau. Elle se précipita vers lui et annonça sans préambule :

— A présent, écoutez-moi ! Cette stupide comédie doit prendre fin !

— Comédie ? répéta le comte en jouant nonchalamment avec un stylo en or. Est-ce ainsi que vous décrivez notre mariage imminent, Bella ?

— Ne m'appelez pas Bella, mon nom est Joanna !

Il éclata de rire.

— Bella veut dire belle, vous le savez fort bien... répondit-il gaiement. Et je trouve que ce surnom vous convient parfaitement...

Il s'avança vers elle. Méfiante, la jeune fille recula d'un pas. Mais elle ne fut pas assez prompte pour lui échapper et il la prit fermement par l'épaule. Lentement, il enroula une boucle de ses cheveux cuivrés autour de son doigt.

— Me permettez-vous ? demanda-t-il à Joanna qui le fixa avec étonnement.

Avant qu'elle ne réalise ce qu'il se préparait à faire, il saisit une paire de petits ciseaux sur son secrétaire et coupa rapidement la mèche. Puis il contempla pendant quelques secondes la boucle fauve qui gisait au creux de sa main avant de sortir de sa poche une petite boîte en cuir qu'il tendit à Joanna.

— Ouvrez-la, s'il vous plaît, ordonna-t-il.

Elle s'exécuta et découvrit, dans un écrin de velours blanc, deux médaillons identiques. La beauté stupéfiante de ces objets lui arracha un petit cri d'admiration. Chaque médaillon représentait un lion, symbole de la famille Tempera qui nommait depuis des générations leurs fils aînés Leonardo, d'après cet animal, roi de la jungle. Une crinière luxuriante avait été façonnée dans l'or et deux pierres précieuses leur donnaient un regard froid et impassible. Au centre de chacun de ces bijoux, un oval de verre, maintenu par quatre griffes dorées, contenait un profil. Le premier, aux traits incontestablement masculins, au nez romain, faisait face aux lignes plus douces de son pendant féminin. Elle portait sur sa tête la fameuse couronne des jeunes mariées de la dynastie. En silence, le comte sortit cette dernière médaille de l'écrin et fit jouer un ressort secret qui révéla une cavité vide. Il y glissa la mèche de cheveux, referma le médaillon et le mit dans sa poche. Puis il prit l'autre médaillon et le tendit à Joanna.

— Voici le vôtre, annonça-t-il. De ce jour, il vous appartient. Vous vouliez bien sûr posséder une mèche de mes cheveux, aussi l'ai-je déjà mise à l'intérieur.

La jeune fille le fixait, les yeux ronds, abasourdie par cette tranquille présomption. Mais il poursuivit, sans se départir de sa superbe :

— Depuis des siècles, les fiancés de la famille Tempera ont échangé ces médaillons, contenant soit une boucle de cheveux, soit un portrait miniature. Je vous offrirai bien sûr une alliance le jour de notre mariage mais, pour nous, le don de ces médailles a toujours revêtu une grande importance, plus grande en fait que les vœux échangés à l'église... A partir d'aujourd'hui, je vous considère déjà comme mon épouse. Le mariage ne sera bien sûr consommé qu'après la cérémonie, se hâta-t-il de préciser en remarquant le regard horrifié de Joanna. Mais, pour moi, vous êtes maintenant la comtesse Joanna Tempera... J'espère, continua-t-il en prenant la main de la jeune fille et en la portant à ses lèvres, que nous partagerons une longue et heureuse union, Bella...

Ce dernier mot, prononcé avec une complicité moqueuse, tira Joanna de la stupéfaction qui la paralysait. Précipitamment, elle recula de quelques pas.

— Je ne suis pas encore votre épouse, Signore ! s'écria-t-elle. Je vous promets que, si vous persistez à vouloir m'épouser, vous le regretterez amèrement, chaque heure, chaque jour de notre vie commune ! Je ne suis pas naïve comme ma jeune sœur qui croit que son fiancé est fasciné par ses charmes... Je sais que votre enthousiasme à vous marier, le vôtre comme celui de Vincenzo, est proportionnel à l'épaisseur du portefeuille de mon père ! Néanmoins, poursuivit-elle, tentant de ne pas se départir de son assurance, si vous êtes prêt à en affronter les conséquences, je deviendrai votre femme. Mais prenez garde, Signore ! Je ne vous traiterai jamais comme un mari... Il n'y aura entre nous aucun mot tendre et certainement aucune nuit de passion folle ! Vous deviendrez mon *cicisbéo*... Vous connaissez le sens de ce mot, n'est-ce pas ?

Un sentiment de triomphe envahit Joanna quand elle vit les lèvres du comte se serrer et ses sourcils se froncer. Enfin, elle avait réussi à percer ce mur d'indifférence courtoise dont il s'entourait, cette calme arrogance vénitienne qu'il possédait sans doute depuis l'enfance. Encouragée par sa victoire, elle releva le menton et continua avec assurance :

— J'ai été assez surprise, en étudiant l'histoire de votre pays, de découvrir que les femmes de Venise, au XVIIIe siècle, étaient très libérées et possédaient le privilège d'agir à leur gré... Ainsi, elles avaient toutes, en plus d'un mari tolérant, un *cicisbéo*... A la fin de leur première année de mariage, elles choisissaient, avec le consentement de leur époux, un compagnon. Leur seule contrainte : choisir cet homme dans la classe sociale à laquelle elles appartenaient... Donc, Signore, j'attendrai de vous des attentions constantes et un respect total. N'espérez jamais rien de moi en échange de vos services. Dès que nous serons unis, vous porterez mes paquets quand je ferai des courses, vous m'aiderez à monter dans votre gondole, vous m'accompagnerez à l'Opéra ou aux diverses excursions et visites que je désirerai effectuer. En bref, vous serez à mon entière disposition. Je vous autoriserai peut-être à baiser ma main à chacune de nos rencontres mais je n'en suis pas encore sûre...

Enivrée par ses propres mots, elle prit une grande inspiration et défia le comte du regard, impatiente d'entendre sa réponse pour le provoquer en un autre duel verbal. S'il voulait accéder à la fortune de son père, il devrait d'abord payer le droit à ce privilège en s'humiliant devant elle, elle y tenait... Durant un long moment, soutenant le regard sombre qui ressemblait soudain à celui des lions des médaillons, elle crut qu'il se préparait à engager la bataille. Mais le silence se prolongea, s'appesantissant de seconde en seconde. Perdant peu à peu sa contenance, Joanna se rappela soudain cette remarque d'un grand écrivain italien qu'elle avait lue durant ses études : « On peut aisément comprendre pourquoi les Vénitiens chérissent le symbole du lion, roi du règne animal ; ils en possèdent la cruauté et la violence quand le désir de vengeance les possède... »

Elle se souvint également de la passion des architectes vénitiens à décorer leurs œuvres des représentations les plus diverses de cet animal : lions gravés au-dessus des portes, statues de lions soutenant les balcons, lions féroces, lions hautains et froids...

Soudain mal à son aise, Joanna tourna les talons et se dirigea vers la porte. Elle voulait échapper à l'atmosphère menaçante qui envahissait peu à peu le grand bureau et provoquait en elle une incompréhensible panique.

— Un instant, s'il vous plaît, l'arrêta la voix autoritaire du comte. Nous n'avons pas encore achevé notre conversation...

L'ordre était net, précis. Lentement, Joanna se tourna vers lui. Elle découvrit avec surprise que celui-ci souriait. Ses mouvements ne dénotaient aucune tension, aucune colère. Elle se demanda comment, l'espace d'une minute, elle avait pu le craindre, le soupçonner de sauvagerie. Une inexplicable déception lui pinça le cœur. Le lion n'était qu'un agneau...

— Auriez-vous par hasard renoncé à m'épouser ? lança-t-elle avec un mépris subtil. Croyez bien que cette nouvelle me rendrait très heureuse...

— Au contraire, répliqua-t-il avec un calme qui la fit fulminer secrètement. Je pense que nous sommes parfaitement assortis... D'autre part, je vous ai donné le médaillon et je vous considère déjà comme mon épouse. Vous m'appartiendrez... Non, je désire simplement corriger certaines de vos connaissances historiques... Vous vous trompez de façon grossière en ce qui concerne le *cicisbéo*. La plupart du temps, au XVIIIe siècle, ces personnes n'étaient que des bellâtres, des hommes efféminés. Ils préféraient la compagnie des femmes à celle des hommes car ces derniers les méprisaient pour leur faiblesse et se moquaient d'eux.

Ces pauvres créatures consentaient en effet à devenir le compagnon d'une noble dame, mais un compagnon bien innocent... Ils prêtaient une oreille attentive aux confidences, portaient les sacs, effectuaient de menues courses, tamponnaient à la rigueur les tempes de ces dames d'un mouchoir trempé d'eau de Cologne quand elles se sentaient mal... Les maris se montraient tolérants, vous l'avez justement fait remarquer, mais ils pouvaient se le permettre... Le *cicisbéo* n'était pas de taille à mettre la vertu de leur épouse en danger ! Donc, vous désireriez me faire jouer ce rôle... Mais dites-moi la vérité, Joanna. Croyez-vous vraiment que je fasse partie de leur catégorie ?

N'écoutant que l'antipathie qu'elle éprouvait à l'égard du comte, Joanna ouvrait la bouche pour formuler une réponse positive quand l'énormité de ce qu'elle se préparait à dire l'arrêta. Les yeux perçants, d'un brun tacheté d'or, ne la lâchaient pas. Elle crut y discerner une trace de pitié. Mais il ne fit rien pour diminuer son embarras et, dans le profond silence qui pesait sur eux, elle dut se livrer à une étude objective de la personnalité et de l'aspect physique de son interlocuteur. Même immobile, il émanait de lui une indéniable virilité. Il était grand, d'une minceur robuste et nerveuse à la fois. Ses cheveux noirs, contrôlés par un peigne sévère, devaient composer au naturel une masse luxuriante de boucles sombres. Et Joanna se souvint de son pas souple et élégant...

— Non, admit-elle sincèrement. Mais votre virilité ne m'intéresse absolument pas ! Je veux simplement savoir si, en échange de la dot que vous versera mon père, vous consentez à adopter envers moi l'attitude que j'ai décrite il y a quelques instants...

— Mais bien sûr ! accepta-t-il galamment. J'éprouverai grand plaisir à vous obéir en toutes choses... Du moins, pour l'instant...

— Parfait ! conclut Joanna avec dédain. Notre union sera très brève de toute façon... J'attendrai pour y mettre fin que papa accorde la main de Sara à Vincenzo. J'ai essayé maintes fois de la dissuader d'épouser votre cousin mais elle s'obstine... Elle s'apercevra donc trop tard que j'avais raison sur tous les points et qu'elle a commis une grosse erreur....

— Pauvre petite ! l'interrompit-il avec une indulgence insultante. Vous tenez absolument à avoir le dernier mot, n'est-ce pas ?

Cette condescendance, venant d'un homme qu'elle méprisait, la fit bouillir de rage.

— Je fais confiance à mon intuition, rétorqua-t-elle avec agressivité. Et, quand il s'agit de juger une personne, ma première impression est toujours la bonne...

— Quel orgueil ! coupa-t-il avec sévérité. En voilà assez... Vous n'êtes encore qu'une enfant, insupportable, d'ailleurs... Mais les enfants ont besoin de patience, de compréhension... Plus la jeune plante est amère, plus ses fruits seront doux...

— Eh bien, soyez patient ! l'encouragea-t-elle, sarcastique. Vous ne récolterez de moi que des citrons !

Sur cette réplique, elle lui tourna le dos et sortit du bureau à grandes enjambées, poursuivie par son rire moqueur. Tout en gravissant les escaliers pour gagner sa chambre, elle se demandait comment cet homme, qu'elle haïssait, dont la mentalité lui déplaisait au plus haut point, réussissait régulièrement à lui faire perdre son calme. Chacune de leurs entrevues se soldait pour elle par des crises de rage qu'elle calmait difficilement. Pourtant, elle souhaitait désespérément se montrer calme, froide, indifférente à son égard, lui infliger un souverain mépris. Or, sa seule vue suffisait à déchaîner en elle une colère violente, un irrésistible désir de le

36

blesser, de l'humilier… Elle décida de mieux se contrôler à l'avenir. C'était le prix de la victoire… Car elle pressentait d'instinct que sa vulnérabilité résidait dans la passion qu'elle mettait à affronter le comte…

4

Dès le jour suivant, Joanna mit la patience du comte à l'épreuve. Il vint la retrouver après le petit déjeuner et la surprit contemplant d'un air sombre le Grand Canal par la fenêtre du salon.

— De l'eau, encore de l'eau, toujours de l'eau, maugréait-elle à voix haute, n'ayant pas entendu le comte entrer.

Venise souffrait-elle aussi des embarras de la circulation ? Le Grand Canal bouillonnait d'activité, traversé sans répit par des embarcations transportant les employés sur leur lieu de travail, par des vedettes privées, par les fameux *vaporetto*. Toute la vie urbaine de la ville se déroulait sur l'eau. En quelques minutes, Joanna vit passer sous elle le bateau de la poste, le bateau-laitier, un bateau-ambulance et même un bateau-corbillard, sans oublier bien sûr les inévitables gondoles. Des petites péniches convoyaient vers un marché flottant des piles colorées de fruits et de légumes.

— Bonjour, Joanna ! dit soudain le comte, faisant sursauter violemment la jeune fille. Sara m'a assuré que vous n'aviez aucun projet pour aujourd'hui, aussi ai-je décidé de vous faire visiter Venise.

Il s'approcha à son tour de la fenêtre et jeta un regard amusé au spectacle qui se déroulait au-dessous d'eux.

— Comme tous les étrangers, reprit-il, vous devez être horrifiée par la circulation sur le canal et par la témérité des « chauffeurs » des bateaux... Mais n'ayez aucune crainte. Les rares accidents qui surviennent ne sont jamais graves. Nous avons quinze siècles d'expérience de la navigation derrière nous...

— Quel dommage ! railla Joanna, feignant le plus profond ennui. Une petite collision aurait rompu la monotonie...

— Ne désespérez pas, petite guêpe, répliqua sèchement le comte. Dans l'humeur où vous vous débattez, il vous sera très facile de trouver sujet à vous plaindre...

Fort satisfaite de l'avoir froissé, elle lui adressa un grand sourire et demanda d'une voix mielleuse :

— Allez chercher mon manteau et mon sac... Ils se trouvent sur mon lit, dans ma chambre...

Pas un muscle du visage du comte ne bougea sous l'affront. A pas mesurés, il se dirigea vers le mur et pressa impérieusement le bouton de la sonnette qui y était dissimulée. Quelques secondes plus tard, une jeune femme de chambre frappa discrètement à la porte et entra.

— Vous m'avez appelée, Signore ? s'enquit-elle respectueusement.

— Oui, Maria, répondit le comte. La Signorina désire que vous lui apportiez son sac et son manteau de sa chambre...

— Bien, Signore.

Maria esquissa une petite révérence et se préparait à sortir quand la voix autoritaire de Joanna l'arrêta :

— Ne vous dérangez pas, Maria, le comte me rendra ce service... Vous pouvez disposer.

— Pardon, Signorina ? s'excusa Maria, abasourdie.

— Vous m'avez parfaitement comprise ! riposta Joanna avec impatience.

La jeune domestique hésita puis tourna un regard craintif vers le comte, cherchant sur ses traits soudain rigides un indice sur la conduite à adopter. Soudain, il se détendit, comme par miracle, et ordonna d'une voix calme, à la stupéfaction de Maria :

— Oui, vous pouvez disposer... Je chercherai les affaires de la Signorina moi-même...

Il suivit Maria hors du salon et Joanna, restée seule, se mordit les lèvres avec dépit. Sa victoire aurait pourtant dû la satisfaire. Le comte, malgré son orgueil, s'était incliné devant sa volonté. Mais elle n'en ressentait que de la gêne. Aux yeux de la servante, elle était maintenant une personne grossière, mal éduquée et indigne du titre de comtesse qui allait bientôt lui échoir. Cependant, elle ne pouvait s'embarrasser de tels scrupules. Les préparatifs du mariage étaient déjà entamés. Il lui restait moins d'un mois pour dégoûter le comte de tout avenir conjugal... Quand ce dernier réapparut, il ne fit aucun commentaire sur l'indélicat comportement de la jeune fille et se borna à l'aider à passer son manteau.

— Vous devriez protéger vos cheveux d'un foulard, conseilla-t-il, très sérieux. Le vent souffle fort aujourd'hui et vous allez être décoiffée...

Joanna gardait toujours une écharpe pliée dans la poche de son manteau mais elle choisit d'ignorer les conseils du comte et passa devant lui sans lui accorder un regard. Ils sortirent sur le *campo*. Comme devant la majorité des palais, une gondole se balançait, amarrée à deux minces colonnes de bois rayées blanc et rose. La gondole de la famille Tempera portait sur son élégante proue en col de cygne le lion à deux têtes de leur blason. Joanna détailla avec une sévérité réprobatrice les somptueuses incrustations dorées et l'impeccable laquage noir brillant de l'embarcation. Mais, à sa grande surprise, le comte ne la guida pas vers cette nef luxueuse. Il lui prit le bras et l'entraîna vers la vedette blanche, amarrée quelques mètres plus loin. Ce dernier bateau était bien sûr moins imposant mais Joanna remarqua, en y prenant place, que le luxe n'y faisait pas défaut.

— Sara aurait sans doute préféré utiliser la gondole, remarqua malicieusement Leonardo, mais, connaissant votre goût pour les choses pratiques plutôt que décoratives, nous voyagerons en canot-moteur...

— Vous avez absolument raison, répliqua vertement Joanna. En toute chose, je préfère la qualité à l'apparence... Y compris chez les hommes...

« Il est vraiment impossible de le vexer », fulminat-elle intérieurement tandis que le comte manœuvrait la vedette d'une main experte tout en conversant gaiement. Le trafic obscurcissait les eaux du Canal mais il ne semblait pas s'en émouvoir et conduisait à grande vitesse, évitant de justesse d'autres bateaux, dépassant dédaigneusement les convois de péniches, se faufilant comme par miracle à travers un entrelacs des embarcations les plus diverses. Plus d'une fois, Joanna ferma les yeux de terreur en le voyant foncer vers un mince espace entre deux autres bateaux. Quand ils se retrouvèrent sur des canaux plus calmes, il lança la vedette à pleine vitesse et celle-ci bondit sur l'eau, laissant derrière elle une travée d'écume bouillonnante. La jeune fille soupçonna son compagnon de vouloir la mettre à l'épreuve en lui faisant subir la traversée la plus inconfortable possible. Le vent frappait son visage, lui coupant le souffle, et les violentes secousses du canot la déséquilibraient souvent, mais elle aurait préféré se noyer dans les eaux boueuses plutôt que de proférer un murmure de protestation. Enfin, dans une grande gerbe d'écume, la vedette se glissa à côté d'un ponton d'amarrage et Joanna, à bout de souffle, les joues rougies par le vent, soupira de soulagement. Ses genoux tremblaient quand elle se leva de son siège mais elle refusa avec dédain la main que Leonardo lui tendait pour l'aider à prendre pied sur le quai. Elle fit quelques pas mal assurés pour reprendre le contrôle de ses jambes puis leva les yeux pour observer la place sur laquelle ils se trouvaient. Ce qu'elle vit la stupéfia. Devant elle s'élevait une façade sortie tout droit d'un conte des mille et une nuits. Une myriade de mosaïques dorées en décoraient les murs. Chaque portail, chaque fenêtre était encadrés de reliefs représentant les signes du zodiaque, les saints ou les prophètes. Sous la profusion des niches aux statues d'albâtre, des sculptures, des incrustations de marbre, des moulages en forme de fruits, d'oiseaux, de corbeilles, il semblait que pas un centimètre de cette façade n'eût été laissé vierge. Déconcertée, Joanna s'interrogea sur ses propres impressions. Cette richesse, cette folle abondance de décorations choquaient son sens de l'esthétique. Elle décida qu'elle n'aimait pas ce qu'elle voyait.

— Que pensez-vous de la place Saint-Marc ? murmura le comte à son oreille, visiblement satisfait de son silence qu'il croyait admiratif.

En bon Vénitien, il vénérait la beauté de sa ville natale et, comme tous ses concitoyens, tenait pour uniques et inégalables les trésors artistiques qu'elle contenait. Mais Joanna savait que ces trésors étaient en réalité les butins amassés sans scrupule au cours des siècles par les explorateurs et les commerçants, aux dépens des empires byzantins. Elle se réjouit de la déception qu'elle allait lui infliger.

— Cette place donne l'impression d'avoir été conçue par un prince oriental, fou de richesse et d'orgueil, décréta-t-elle. On ne peut parler de beauté... En fait, je la trouve même vulgaire, vulgaire comme l'amas de bijoux dans le coffre d'un pirate. Il sait que ces bijoux sont précieux mais seule leur valeur monétaire l'intéresse. Il ne se donne donc pas la peine de les mettre en valeur et les entasse tous dans une grande caisse. En bref, je me trouve en ce moment devant l'exemple parfait du mauvais goût...

— Allons, Joanna ! protesta le comte en l'entraînant

dans une zone d'ombre. Vous proférez des jugements trop rapides... Par exemple, regardez la lumière jouer sur ces plaques de marbre... Il a plu ce matin et elles semblent à présent couvertes d'une laque transparente, lumineuse...

— Non, je suis désolée, mais je ne trouve aucune beauté à cet endroit, l'interrompit-elle en haussant les épaules.

— Bien, nous reviendrons demain, concéda-t-il, visiblement exaspéré. La place Saint-Marc, comme toute la ville de Venise, est pareille à une femme ; belle comme un rêve un jour et décevante le lendemain...

A la manière dont il lui prit le bras pour l'entraîner loin de l'objet de sa fierté, Joanna comprit qu'elle l'avait véritablement offensé. Jubilant intérieurement, elle décida d'affermir son avantage.

— Pourquoi les Vénitiens attendent-ils toujours des étrangers une admiration sans bornes vis-à-vis de leur cité ? argumenta-t-elle, pressant le pas pour se maintenir à son niveau. Par exemple, vous affirmez que Venise est belle comme un rêve... Le rêve d'une personne peut fort bien être le cauchemar d'une autre. Et vous faites des rêves très matérialistes ici... Je parie que pour vous, le paradis contient une lune en argent massif, un soleil d'or pur, des rivières d'émeraudes taillées et des pluies de diamants à vingt carats ! Vous n'êtes pas assez fin pour apprécier la beauté simple, dépouillée...

Le comte s'arrêta brusquement au milieu du petit pont qu'ils franchissaient et lui fit face. Ses yeux brillaient d'un étrange éclat.

— Vous avez peut-être raison, dit-il à voix basse. Plus je vous connais, plus j'admets que mon jugement n'est pas toujours infaillible, petite guêpe !

Joanna lui adressa un grand sourire, flattée par le surnom qu'il venait de lui attribuer. Une guêpe, insecte insignifiant, pouvait, grâce à son dard, causer beaucoup de douleur à une créature cent fois plus grosse qu'elle… Mais le comte lui prit soudain le menton d'un geste si brusque qu'elle se mordit la langue par inadvertance. La douleur lui fit monter des larmes aux yeux.

— Vous rappelez-vous notre première rencontre ? continua-t-il. Ce soir-là, j'ai deviné, sous le grotesque maquillage que vous affichiez, votre grande beauté. J'ai cru que vous possédiez l'âme d'une enfant emprisonnée dans un corps de femme et j'ai éprouvé une grande sympathie pour cette enfant rebelle, indépendante, qui se révoltait contre le pouvoir de l'autorité. Votre comportement se voulait plein de défi, mais une immense fragilité semblait percer sous la provocation. Je sais à présent que je me suis trompé… Vous n'êtes pas une enfant vulnérable, incomprise, mais une femme rusée et perverse. L'inscription sur le tee-shirt que vous portiez résumait parfaitement bien votre caractère : vous n'êtes qu'une dévergondée !

Joanna n'aurait pas été plus stupéfaite si le comte l'avait jetée la tête la première dans le canal au-dessous du pont. De vraies larmes d'humiliation lui montèrent aux yeux. Rassemblant toute sa volonté, elle les ravala et se réprimanda vertement pour cette étrange réaction. Durant des heures, elle avait provoqué, insulté, maltraité cet homme. Elle était enfin parvenue à le faire sortir de ses gonds mais le mépris dont il l'accablait maintenant la blessait profondément.

Soudain, son chagrin céda la place à une rage folle. Comment ce comte ruiné, ce vulgaire héritier de commerçants sans scrupule osait-il la traiter ainsi ?

— Fort bien, Signore, siffla-t-elle entre ses dents serrées. Maintenant que vous avez enfin découvert ma vraie personnalité, puis-je espérer que vous renoncerez à notre mariage ?

Le comte s'accouda à la margelle du pont et détailla la jeune fille d'un regard froid. Enfin, il répondit :

— Certainement pas... Le mariage aura lieu comme convenu...

Joanna détourna son visage pour ne pas trahir sa déception. Elle avait été convaincue que la détermination de cet homme serait facile à miner. Mais elle devait maintenant se rendre à l'évidence : il pliait à tous ses désirs, à tous ses défis, mais ne rompait jamais et se détendait comme un ressort d'acier, aux moments les plus inattendus... Elle devrait administrer une dose encore plus forte de venin pour venir à bout de cet oiseau de proie.

Ils déjeunèrent dans un modeste restaurant, situé dans une cave voûtée, à laquelle on accédait par une volée de marches polies par le temps. Le propriétaire semblait bien connaître le comte Leonardo et l'accueillit avec un flot de salutations enthousiastes. Ils s'installèrent ensuite à une table et le comte commanda la spécialité de la maison, les escalopes à la vénitienne, et une bouteille de Bordolino.

— Je pense que vous apprécierez le plat commandé, fit-il en se tournant vers Joanna, mais, dans le cas contraire, le chef peut toujours vous préparer une assiette de frites...

— J'en mange rarement, se défendit-elle, comprenant qu'il la soupçonnait de n'avoir aucune éducation gastronomique.

— Parfait ! conclut-il d'un air sombre. Dans ce cas, nous nous entendrons au moins sur une chose...

Ils mangèrent en silence. Leonardo semblait préoccupé. Vers la fin du repas, il se détendit et commença à interroger sa compagne.

— Votre père m'a dit que vous êtes souvent venue rendre visite à votre grand-mère, à Murano. Dans ce cas, pourquoi n'avez-vous jamais tenté une excursion jusqu'à Venise ?

— J'adore Murano, lui confia-t-elle, rendue de meilleure humeur par le vin qu'elle avait bu. Je m'y sens tellement bien que papa et Sara n'ont jamais réussi à m'entraîner avec eux à Venise.

— Votre grand-père était souffleur de verre, n'est-ce pas ?

— Oui, répondit-elle sèchement, instantanément sur la défensive.

— Une très honorable profession, commenta calmement le comte. Les secrets de cet art sont jalousement gardés par les ouvriers qui y travaillent de père en fils. En fait, au xvᵉ siècle, il était interdit d'enseigner le soufflage de verre à un jeune homme dont le père n'était pas lui-même souffleur.

— Vous ne pouvez rien m'apprendre sur ce sujet, l'interrompit-elle. Par exemple, savez-vous qu'en France, jusqu'à la révolution, les souffleurs de verre accédaient aux mêmes privilèges que la noblesse ? Ils étaient exemptés d'impôts, pouvaient accéder à la propriété terrienne et porter l'épée. Quant à la république de Venise, où des règles très strictes régissaient le mariage des nobles, un gentilhomme pouvait sans déroger épouser la fille d'un souffleur de verre !

— Exact, approuva le comte. Et en tant que représentant de cette classe décadente, l'aristocratie, je me sens très fier d'avoir été choisi pour mari par la petite fille d'un souffleur de verre !

Choisi ! Joanna ne pouvait en effet nier que leur futur mariage était la conséquence de sa propre impulsivité mais l'admettre l'humiliait profondément.

— Estimez-vous content que papa soit assez riche pour m'acheter votre titre et votre palais... murmura-t-elle ironiquement en se levant.

5

La Signora Marvese, mère de Vincenzo, était l'archétype de la fameuse *mama* italienne. Aucune femme au monde pour elle n'était digne d'épouser son fils adoré. Néanmoins, le choix de Sara Domini comme fiancée obtenait toute son approbation. La jeune fille était douce, bien élevée, très docile, et, ce qui ne gâchait rien, très jolie et très riche... En revanche, la sœur de Sara, Joanna, déplaisait fortement à la Signora Marvese. Cette jeune personne, selon elle, vous regardait effrontément dans les yeux, parlait haut et fort, et traitait son futur mari, le comte Leonardo, et les autres membres de sa famille sans la moindre déférence. En ce moment même, la future comtesse, de morose humeur, jouait avec la nourriture de son assiette encore pleine.

— Vous n'aimez pas ce plat, Signorina ? demanda la Signora Marvese.

Joanna releva brusquement la tête et fixa la mère de Vincenzo d'un regard étonné. Celle-ci remarqua une fois de plus que la jeune fille, avec ses prunelles émeraudes, son teint de lait et ses cheveux fauves, possédait une extraordinaire beauté.

— Quoi ? interrogea fort impoliment Joanna, tirée de sa rêverie.

La Signora Marvese oublia immédiatement toute indulgence à l'égard de Joanna. Le comte devait être devenu fou pour vouloir prendre cette fille grossière et insolente comme épouse !

— Excusez la distraction de ma fille, Signora Marvese, intervint précipitamment le père de Joanna. Elle doit encore rêver de fleurs, de cloches de mariage, et de toilettes...

Joanna ouvrit la bouche pour protester mais son père lui décocha un regard si menaçant qu'elle se tut.

— Votre femme était anglaise, n'est-ce pas, Signore Domini ? reprit la Signora Marvese. Pour ma part, j'ai toujours trouvé les Britanniques très froids, très renfermés. Vous avez dû avoir quelques difficultés à vous adapter à leurs coutumes et mode de vie, étant latin. Mais, tout comme mon neveu le comte, vous possédez le don de maîtriser vos émotions. Vos deux filles sont très différentes l'une de l'autre. Notre chère Sara est très douce, très aimante et je suis sûre qu'elle ne causera jamais la moindre difficulté à Vincenzo. Mais sa sœur me semble posséder le goût de l'indépendance, hérité sans doute de sa mère... Attention, Leonardo, finit-elle en se tournant vers son neveu, il ne te sera pas aisé de la former à l'obéissance et au respect.

— Mais je ne suis pas un phoque de cirque ! s'écria Joanna avec une telle impétuosité que le sourire indulgent disparut immédiatement des lèvres de la Signora Marvese.

— Et la profession de dompteur ne m'a jamais attiré, chère tante, ajouta le comte. Comme beaucoup d'Italiens, tu as des préjugés injustes contre les Anglais. Ceux-ci possèdent un proverbe très sensé : « Ne jugez pas un livre sur sa couverture. » La couverture de Joanna, continua-t-il en adressant un petit sourire complice à sa fiancée, peut sembler dure et froide mais je vous assure que le livre devient, au fur et à mesure des pages, de plus en plus passionnant...

— Pouah ! s'exclama Joanna à voix si haute que Sara

48

devint écarlate. Les hommes sont vraiment naïfs... Ils prennent leurs désirs pour la réalité...

La Signora Marvese fronça les sourcils, cherchant à saisir le sens profond de cette phrase sibylline et Enrico Domini observa sa fille d'un œil perplexe. Voulait-elle une fois de plus insulter leurs hôtes ? Seul Leonardo garda un visage serein.

— Joanna veut simplement dire que je lui trouve des qualités parce que je le désire, expliqua-t-il calmement, et que cette démarche n'est pas très objective...

— Dans ce cas, elle aurait pu s'exprimer plus claire-ment, par respect pour notre pauvre intelligence... grommela Enrico Domini.

Pourquoi, se demandait-il en observant Sara qui couvait Vincenzo d'un regard adorateur, Joanna res-semblait-elle si peu à sa douce cadette ? « Qu'ai-je fait au ciel pour avoir une fille si révoltée, si violente, constamment en guerre contre elle-même et la majorité des membres du sexe opposé ? » Les lèvres pincées, la Signora Marvese se leva de table et proposa aux deux jeunes filles :

— Passons dans le salon pour prendre le café et laissons nos compagnons apprécier en paix leur Porto et leur cigare...

Mais, Joanna croisa résolument les bras et s'enfonça encore plus profondément dans son siège, ce qui ne manqua pas de scandaliser une fois de plus la Signora.

— Je reste ici, déclara-t-elle, butée. J'aime beau-coup le Porto et il y a longtemps que je n'ai pas fumé de cigare...

— Joanna ! explosa son père, rouge de honte et de colère.

Joanna ouvrait la bouche pour se lancer dans une grande tirade féministe quand elle vit, du coin de l'œil, la haute silhouette du comte secouée par un irrésistible fou rire. Sa fureur se tourna contre lui.

— Cessez de rire ! cria-t-elle, les poings serrés. Comment osez-vous vous moquer de moi ?

Mais Leonardo, plié en deux, continuait à hoqueter de rire. Elle réprima une violente envie de griffer de ses longs ongles ce visage brun et soudain si gai.

— Espèce de... de misogyne ! hurla-t-elle, laissant exploser son dépit. Allez au diable !

Sur ces mots, elle se leva et se dirigea la tête haute vers la porte, laissant l'assemblée déconcertée. Mais le rire de Leonardo la suivit tandis qu'elle montait au pas de course dans sa chambre. Quelques minutes plus tard, Sara la rejoignit, en proie à la plus grande anxiété. Les yeux pleins de larmes, elle observa sa sœur tandis que celle-ci ôtait sa délicate robe de satin vert-nil, la jetait sur le sol et la piétinait sans merci.

— Joanna, mais que fais-tu ? gémit-elle. Tu ne peux aller te coucher ! La Signora Marvese veut te parler... Elle m'a envoyée te chercher.

Joanna fouilla sa garde-robe et en tira une jupe de jean et un vieux chandail.

— Vraiment ? fulmina-t-elle. Je devine fort bien ce dont elle veut m'entretenir ! Je n'ai aucune intention de l'écouter me chapitrer sur ma conduite, indigne bien sûr d'une future comtesse. Tu me vois les yeux baissés et les mains modestement croisées sur mes genoux ! Tu peux répondre à cette vieille duègne que ce soir, je sors !

— Tu sors ? répéta stupidement Sara, abasourdie. Mais c'est impossible, tu n'as pas de chaperon ! Cela ne se fait pas... La Signora sera scandalisée et Leonardo...

— Oh, pour l'amour du ciel ! l'interrompit Joanna en lui décochant un regard si furibond qu'elle se recroquevilla sur elle-même. Vraiment, Sara, depuis que tu es en Italie, tu deviens impossible ! En Angleterre, nous sortions quand nous voulions, où nous voulions, seules ou ensemble... Il y a quelques semaines à peine, la seule idée de devoir être escortée par un chaperon t'aurait fait hurler de rire. Et maintenant, tu adoptes docilement des coutumes dont les Anglaises se sont libérées depuis plus d'un siècle ! Peut-être as-tu subi un lavage de cerveau, ma chère sœur, mais, en ce qui me concerne, je refuse de me soumettre à ces idioties. Je sors et je sors seule ! Si cela déplaît à la Signora Marvese, pourquoi ne persuade-t-elle pas son neveu de ne pas m'épouser ? Elle me rendrait un grand service...

Envahie par un délicieux sentiment de liberté, Joanna se glissa hors du palais et disparut dans le labyrinthe des allées du quartier. Sans s'inquiéter de perdre son chemin dans une ville qu'elle ne connaissait pas, elle alla à son gré, traversant d'inquiétantes ruelles sombres, de larges avenues, des cours pavées et moussues. En arrivant au bord d'un quai bien éclairé, elle reconnut devant elle le pont du Rialto, que Leonardo lui avait montré au cours de leur visite, et le traversa. De l'autre côté, elle se retrouva dans un marché de rue bruyant et coloré. En un clin d'œil, la foule l'avala et elle perdit toute notion du temps en se promenant parmi les étalages les plus divers. Le marché offrait en effet sans distinctions des légumes et des fruits, des vieux meubles, des objets religieux ou des articles de contrebande. Un marchand lui donna gratuitement un quartier d'orange. Tout en le dégustant, le menton dégoulinant de jus sucré, elle s'arrêta devant un étalage de fleurs resplendissantes.

Le vendeur apparut comme par miracle à ses côtés, lui vantant sa marchandise avec une telle volubilité ponctuée de grands gestes, qu'elle ne put s'en débarrasser qu'en achetant un bouquet d'œillets rouges. La bride de sa sandale commençait à blesser sa cheville, aussi décida-t-elle de s'accorder un peu de repos. Elle s'assit à la terrasse d'un café et commanda un capucino. Puis elle quitta discrètement sa sandale, sous la table, et se détendit, observant les allées et venues des passants devant elle.

Alors qu'elle finissait son capucino, elle remarqua que son voisin la couvait d'un regard admiratif et détourna les yeux. Ces œillades, si courantes en Italie, ne l'inquiétaient pas. Elle savait d'expérience qu'il suffisait d'assener un regard glacial à l'admirateur pour décourager son enthousiasme.

— *Buena notte,* Signorina, murmura l'inconnu, souriant largement et découvrant deux rangées de dents blanches parfaites que Joanna eut envie de ruiner d'un coup de poing bien senti.

— Laissez-moi en paix ! rétorqua-t-elle avec impatience. *Andare via !*

— Ah, vous êtes anglaise, reprit l'importun, visiblement alléché ; je parle très bien votre langue, continua-t-il en écorchant ces quelques mots étrangers. J'aime beaucoup les Anglaises... Puis-je vous offrir un verre de vin ?

— Non ! refusa Joanna d'un ton sec. J'aimerais simplement que vous me laissiez en paix... Seule !

L'inconnu ne se découragea pas et, sans se départir de son grand sourire, lui adressa un clin d'œil complice. Exaspérée, Joanna soupira. Les Italiens ne comprenaient pas la différence entre une femme libérée et une femme légère. Pour eux, chaque étrangère attendait des avances de leur part et y répondait rapidement... Elle garda le silence et fixa son voisin avec autant d'intérêt qu'une mouche sur un mur. Mais, à sa grande irritation, il ne comprit pas ce message hostile et approcha sa chaise de la sienne.

— Vous aimez danser ? s'enquit-il à voix basse. Je connais un club, non loin d'ici...

— Je connais un canal non loin d'ici où vous pourriez vous jeter ! riposta-t-elle, perdant son calme.

Elle remit sa sandale et se leva pour partir, lui tournant le dos. Mais, tandis qu'elle se penchait sur la table pour prendre son bouquet de fleurs, elle sentit une main se glisser sous l'ourlet de sa jupe et pincer entre ses doigts la chair de sa cuisse ! En d'autres circonstances, peut-être aurait-elle agi autrement mais dans l'humeur où elle se trouvait, sa fureur ne connut plus de bornes. Elle saisit son lourd sac à main et, avec une force décuplée par la colère, le balança par la lanière et en frappa le visage de son voisin. Le choc l'assomma à moitié et il tomba à terre, le souffle coupé, une expression comique de stupéfaction peinte sur son visage de bellâtre.

Les événements s'enchaînèrent ensuite à une vitesse telle que Joanna crut assister à une farce de la Commedia dell'arte. Tandis que l'entreprenant Vénitien se tordait à ses pieds, hurlant de douleur feinte, une énorme femme surgit de l'arrière-salle et se précipita vers eux, aussi vite que le lui permettait son poids considérable. Elle brandissait un rouleau à pâtisserie et abreuva Joanna d'un torrent d'injures en dialecte vénitien auxquelles celle-ci ne comprit rien. Les clients du café formèrent un groupe compact autour d'eux et Joanna se vit entourée d'une horde gesticulante et bruyante. Elle comprit enfin qu'elle s'était attaquée au fils de la patronne et se prépara avec résignation à de longues explications. Soudain, un coup de sifflet déchira l'air et un *carabiniero* en grand uniforme fendit la foule pour venir juger de la situation. A la grande colère de Joanna, il la fit taire et n'écouta que la version des faits de la patronne du café. Puis il sortit un carnet de sa poche et commença à prendre des notes. Quand il saisit la jeune fille par l'épaule, celle-ci se révolta, luttant contre la peur qui commençait à l'envahir.

— Cette femme est folle ! protesta-t-elle. Je n'ai jamais eu l'intention d'assassiner son fils. Je cherchais simplement à me défendre. En Angleterre, s'il avait osé me pincer ainsi la cuisse, j'aurais pu le faire arrêter par la police ! Regardez, je vais vous montrer ce qu'il m'a fait...

Oubliant dans son émotion la proverbiale pudeur des

Italiens, elle découvrit sa cuisse, cherchant une empreinte bleue qui aurait pu prouver son innocence. Mais elle ne provoqua par ce geste qu'un concert d'exclamations horrifiées, de la part des femmes, et de sifflets admiratifs, de la part des hommes présents. Reprenant ses esprits, elle baissa précipitamment sa jupe, mais le mal était fait...

— Suivez-moi ! ordonna sévèrement le *carabiniero*. Je vous arrête pour violence et conduite indécente.

Il saisit fermement le bras de la jeune fille et commença à la propulser vers la rue.

— Vous autres, Anglaises, continua-t-il, êtes de vraies pestes. Vous tentez nos fils, pervertissez nos filles et outragez nos parents par vos actes immoraux... S'il n'en tenait qu'à moi, je vous interdirais l'accès de l'Italie. Mais je me contenterai pour l'instant de vous jeter en prison !

Joanna croyait vivre un cauchemar. Elle chercha frénétiquement une solution à cette horrible situation mais son esprit refusait de fonctionner. Tremblant de tous ses membres, elle monta dans le canot de la police. Durant la traversée, la légendaire beauté des canaux illuminés de Venise lui sembla baignée d'une sinistre hostilité.

Au quartier général, un fonctionnaire la dépouilla de toutes ses possessions, inscrivit son nom dans un grand registre et la conduisit le long d'un couloir humide et sombre avant de la pousser sans ménagement dans une étroite cellule. Le soupirail, le dur banc de bois, la paillasse à l'odeur de moisi étaient bien réels et Joanna se laissa tomber sur le sol, désespérée. Elle appuya son front contre les froids barreaux et ferma les yeux. Ses pensées n'allèrent pas à son père, à sa sœur, ou à ses futurs parents qui se scandaliseraient de cet incident, mais, pour la première fois, au comte Leonardo. Elle aurait tant désiré qu'il soit à ses côtés...

6

A cinq heures du matin, le lendemain, le gardien réveilla Joanna et lui passa une barre de savon, un carré de coton rugueux et un broc d'eau. Tremblant de froid et de fatigue, elle tamponna son visage d'eau et peigna ses cheveux à l'aide de ses doigts. Puis elle s'assit sur le dur banc de bois et commença à attendre. Elle avait faim et ne pouvait en même temps supporter l'idée de la nourriture. Le petit déjeuner qu'on lui apporta à sept heures consistait en un bol de soupe tiède. Elle ne le toucha pas. Lentement, la lumière du soleil envahit la cellule puis disparut car le soupirail se trouvait au ras des pavés d'une cour sombre. Au fil des heures, la nervosité de Joanna augmentait. Elle avait essayé de parlementer avec le gardien, de lui demander de prévenir sa famille, mais il ne lui avait prêté aucune attention. Le palais Tempera devait maintenant être en proie à la plus grande inquiétude à son sujet. Pour occuper le temps, elle prépara par avance la défense qu'elle opposerait aux accusations de son père, à son retour. Elle n'avait aucune idée de l'heure, n'ayant pas de montre sur elle. Enfin, après un déjeuner de soupe et de pâtes, des pas résonnèrent dans le corridor, accompagnés de bruits de clefs. Joanna reconnut soudain la voix du comte et se précipita contre les barreaux, tremblant d'impatience. Quand le comte

Leonardo la vit enfin, elle ressemblait à un petit animal craintif, les mains crispées sur la grille. Dans son visage pâle de fatigue, ses yeux verts semblaient immenses et un voile de larmes les rendait encore plus brillants.

Le comte jura à voix basse et se tourna vers le gardien, lui ordonnant d'un ton sans réplique de libérer la jeune fille. Celui-ci s'exécuta précipitamment, balbutiant quelques excuses. Enfin, la lourde porte s'ouvrit et Joanna se jeta dans les bras que le comte lui tendait. A ce moment-là, il lui sembla tout à fait naturel d'enfouir sa tête dans le creux de son épaule et de le laisser la bercer contre lui en murmurant des paroles d'encouragement. Peu à peu, elle cessa de trembler et, sans la lâcher, il l'entraîna vers le bureau du commissaire. Joanna garda les yeux baissés pour dissimuler les larmes qui les emplissaient. Autour d'elle, une violente discussion avait lieu. La voix de Leonardo martelait les mots, accusant le chef des *carabinieri* de négligence, de conduite scandaleuse, d'ignominie. Celui-ci, impressionné par l'autorité et le titre du comte, cherchait à se défendre :

— Signore, il faut nous excuser... Cette jeune fille se promenait seule la nuit. Elle a causé un incident dans un café et la gérante nous a appelés... Que pouvions-nous faire ? La seule solution était de l'arrêter...

— Assez ! l'interrompit Leonardo d'un ton coupant. Je reviendrai plus tard pour clarifier toute cette affaire.

En son for intérieur, Joanna plaignit les pauvres *carabinieri*. Affronter le comte Tempera quand celui-ci était en colère constituait une rude épreuve. Il n'élevait jamais la voix, mais la rigidité menaçante de ses traits et sa glaciale courtoisie effrayaient les plus téméraires. Il la conduisit ensuite hors de la prison et l'aida à s'installer dans la vedette. Durant le trajet du retour, Joanna l'observa du coin de l'œil. Il regardait droit devant lui et jamais son profil n'avait été plus hautain. Il serrait les lèvres, comme pour s'empêcher de laisser libre cours à sa rage. La jeune fille remarqua qu'il avait l'air las. Ses yeux trahissaient la fatigue d'une longue nuit de recherches.

Il prit encore la direction de la situation quand ils se retrouvèrent au palais. Joanna y fut accueillie par un torrent de questions.

— Joanna, que s'est-il passé?

— Joanna, pour l'amour du ciel, où étais-tu?

— Pourriez-vous me dire, Signorina, où vous avez passé la nuit?

— Pourquoi ne nous as-tu pas téléphoné? Sara était morte d'angoisse!

Leonardo imposa le silence d'un geste de la main et appela une femme de chambre.

— Maria, lui demanda-t-il, accompagnez la Signorina dans sa chambre, faites-lui couler un bain, servez-lui une collation et veillez à ce qu'on la laisse en paix jusqu'à ce soir.

— Mais, Leonardo, protesta Sara, nous devons savoir où...

— Votre sœur n'est pas en état de répondre à vos questions pour l'instant, l'interrompit sèchement le comte. Elle a besoin de repos après une expérience traumatisante... Vous l'interrogerez plus tard.

Il se tourna vers Joanna et, d'un ton plus doux, lui conseilla:

— Suivez Maria. Si vous vous en sentez capable, vous dînerez avec nous ce soir.

Pour une fois, elle lui obéit avec plaisir. Une migraine la tourmentait et ses yeux ne restaient ouverts qu'avec grandes difficultés. Elle se glissa avec délices dans le bain chaud, puis, propre et rafraîchie, grimpa dans l'immense lit à baldaquin. Elle dormait déjà à poings fermés quand Maria rabattit les couvertures sur elle.

Quelques heures plus tard, elle ouvrit lentement les yeux, s'étira de tous ses membres, et bâilla longuement.

— Enfin, tu es réveillée, ma petite-fille ! s'exclama une voix familière.

— Grand-mère ! s'écria Joanna, ravie. Mais que fais-tu ici ?

— Je suis venue ce matin, très tôt, à la demande de ton charmant fiancé.

— Mon fiancé ? Oh, tu veux parler du comte...

— Bien sûr, répliqua sévèrement Mme Domini. N'est-il pas l'homme que tu as choisi pour époux ?

— Hum... Eh bien, c'est-à-dire... Oui, c'est exact, admit Joanna avec réticence en se redressant sur ses coudes. Mais je ne comprends pas pourquoi il t'a demandé de venir ici.

La Signora Domini était une charmante vieille dame au visage resplendissant de bonté et de gaieté. Mais elle possédait, comme tous les Domini, une implacable détermination à faire respecter ses idées.

— Le comte a frappé chez moi ce matin, très tôt, expliqua-t-elle. Apparemment, il avait fouillé tout Venise durant la nuit pour te trouver et j'étais son dernier ressort. Son découragement était grand quand je lui ai dit ne pas t'avoir vue mais il a été assez courtois, même dans ces dramatiques circonstances, pour s'excuser de m'avoir tirée du lit à une heure si matinale. Il voulait que je retourne me coucher mais, quand j'ai insisté pour l'aider dans ses recherches, il m'a amenée au palais. Ainsi, je pouvais être sur place à ton retour. J'étais sûre qu'il finirait par te trouver...

Elle se mit à rire doucement, soulagée de voir sa petite-fille en sécurité.

— Félicitations, Joanna, continua-t-elle. Tu as un fiancé plein de détermination ! Je crois qu'il était prêt à retourner chaque pavé de Venise pour te découvrir !

Joanna ne réussissait pas à imaginer Leonardo dans l'état que lui décrivait sa grand-mère.

— Je crois que tu l'as méjugé, objecta-t-elle. Le comte ne trahit jamais ses émotions. Il met un point d'honneur à afficher le plus grand calme, la plus grande réserve, en toute occasion...

La Signora Domini observa sa petite-fille d'un regard circonspect.

— Depuis combien de temps le connais-tu ? demanda-t-elle.

Joanna joua nerveusement avec le rebord de son drap. Peut-être pouvait-elle s'acquérir une alliée dans la vieille dame en s'expliquant avec franchise. Elle adorait sa grand-mère qui lui retournait les mêmes sentiments. Sa sagesse l'aiderait sans doute à trouver une solution à l'inconfortable situation où elle se trouvait, par sa propre faute.

— Depuis quelques jours seulement, commença-t-elle rapidement. En fait, ces fiançailles sont le résultat d'un défi stupide que j'ai lancé au comte... Mais il insiste pour que j'accomplisse ma promesse. Je le comprends... La dot que papa lui accordera l'allèche beaucoup !

Ces méprisantes insinuations ne troublèrent pas le moins du monde sa grand-mère. Haussant légèrement les épaules, elle remarqua calmement :

— Si tel est le cas, tu as quand même beaucoup de chance... Imagine ton horreur si l'homme qui releva ton défi n'avait pas été le beau et jeune comte Tempera, mais un vieux barbon répugnant ! Chacun prétend que tu ressembles à ta mère, Joanna, mais je vois en toi de grandes affinités avec ton père... Tout comme lui, personne ne peut te forcer à accepter une situation qui te déplaît. En bref, tu ne ressens qu'antipathie pour le comte et tu le soupçonnes de vénalité... Mais sois honnête envers toi-même comme tu l'es avec les autres. N'es-tu pas en fait secrètement flattée d'avoir trouvé si rapidement un mari si séduisant ?

— Grand-mère ! cria Joanna, outrée. Tu impliques que ma seule ambition dans la vie est de me marier et de jouer à la grande dame, comme Sara ! Je veux au contraire poursuivre mes études et faire carrière. Je ne déteste pas les hommes, j'apprécie leur compagnie, mais le mariage ne fait pas partie de mes projets. Donc, pourquoi aurais-je délibérément organisé une situation qui me met au désespoir ? C'est insensé !

Nullement impressionnée par cette tirade, la Signora Domini se leva.

— Pauvre Joanna ! soupira-t-elle. Je voudrais pouvoir tendre un miroir à ton âme... Je plains les jeunes filles d'aujourd'hui. Le monde essaie, nuit et jour, de les tromper, de leur faire renier leur féminité. Il leur présente le mariage comme une prison. Elles veulent oublier l'instinct le plus fondamental de leur sexe : celui de donner le jour à des enfants. Si tu ne te méfies pas de cette insidieuse propagande, ma petite-fille, tu perdras ta vraie personnalité et tu mourras. Non pas de faim, mais de manque d'amour...

Tout en se préparant pour le dîner, Joanna réfléchit à ces paroles et décida que sa grand-mère ne comprenait plus rien au monde moderne. Puis elle oublia cette conversation et se consacra à sa toilette. Elle avait choisi pour l'occasion la plus belle mais la plus scandaleuse de ses robes de soirée. De satin et de résille noire, extrêmement moulante et profondément décolletée, elle provoquait toujours des exclamations de surprises admiratives quand Joanna la portait car sa peau de lait et ses cheveux blond roux la mettaient merveilleusement en valeur. Il fallait une certaine audace pour l'exhiber mais la jeune fille en possédait beaucoup. Sachant les houleuses explications qu'elle allait devoir affronter, elle comptait sur cette robe pour provoquer un effet de surprise parmi ses juges.

Elle mettait la dernière touche à sa coiffure quand sa sœur entra dans sa chambre. En voyant la tenue de Joanna, une expression de contrariété se peignit sur son visage.

— Oh, non, Joanna, gémit-elle. Tu es encore, ce soir, dans une de tes humeurs guerrières…

— Je ne vois pas à quoi tu fais allusion, répondit nonchalamment celle-ci en se retournant vers son miroir, présentant ainsi à Sara son dos dénudé jusqu'au creux des reins.

Elle était très fière de la jolie fossette qui ornait ses omoplates. « Un baiser du diable » l'appelait tendrement sa mère, à la grande jalousie de Sara.

— Choquer les gens te ravit, remarqua cette dernière avec rancune. Tu deviens toujours imprévisible et dangereuse quand tu portes cette robe… Mais je t'en supplie, Joanna, essaie de bien te conduire ce soir. Papa t'en veut déjà beaucoup. Quant à la Signora Marvese et à Vincenzo, ils ont été très choqués. Seul, Leonardo…

— Oui ? la pressa Joanna en lui faisant brusquement face. Que dit-il ? Est-il scandalisé, honteux, irrité ? Je dois admettre qu'il m'a fort bien traitée ce matin, quand il m'a délivrée de prison… Mais il est bien trop poli pour accabler de reproches une jeune fille en détresse… Quelle est ton opinion, Sara ? Suis-je parvenue à mon but ? La Signora Marvese a-t-elle finalement convaincu son neveu de ne pas me prendre pour femme ? Vite, je brûle d'impatience ! Dis-moi ce qui s'est passé la nuit dernière, durant mon absence ?

Joanna s'attendait à une explosion de colère de la part de sa jeune sœur. Mais, bizarrement, celle-ci ne réagit pas devant la provocation. Elle garda le silence pendant quelques instants, les lèvres tremblantes, puis s'effondra soudain sur le lit en sanglotant. D'abord stupéfiée, Joanna se précipita ensuite à ses côtés, sentant que, cette fois, les larmes de sa sœur étaient sincères.

— Sara, que se passe-t-il ? exigea-t-elle de savoir en la secouant par l'épaule. Te faisais-tu du souci pour moi, la nuit dernière ? Je suis désolée, je ne voulais pas...

— Ah, tu es désolée ! cria Sara en relevant brusquement la tête. Certainement pas autant que moi ! Mon bonheur est entre les mains d'une personne qui ne pense qu'à détruire. Egoïste ! Tu es en train de ruiner ma vie et tu t'en moques !

Joanna s'assit à côté d'elle. Elle était habituée à de telles accusations de la part de sa jeune sœur mais la situation avait changé. Sara ne se plaignait plus de ce qui pouvait survenir, mais de ce qui était déjà arrivé...

— Bien, raconte-moi tout, ordonna-t-elle abruptement, sachant que la douceur et les mots tendres ne consoleraient pas Sara.

Sara ravala ses larmes et s'allongea sur le lit, fixant d'un regard mort les tentures du baldaquin, comme si elle y voyait projetée la scène qui avait eu lieu la veille au palais.

— Quand tu es sortie, hier soir, commença-t-elle, la Signora Marvese a immédiatement exigé de Leonardo qu'il parte à ta poursuite. Il a refusé, disant que tu avais besoin de liberté. Papa s'est incliné devant son opinion. Pendant une heure, nous avons joué aux cartes, mais l'atmosphère était très tendue. Ton nom n'a pas été prononcé mais nous pensions tous à toi. Enfin, à minuit, voyant que tu n'étais toujours pas rentrée, la Signora Marvese a laissé libre cours à sa colère. Elle a demandé à Leonardo d'annuler le mariage, criant que tu n'étais pas digne de devenir une des leurs et que tu apporterais la disgrâce à leur famille. Leonardo n'a fait aucun commentaire. Il s'est levé et il est sorti pour partir à ta recherche. J'ai bien senti, malgré son impassibilité, qu'il éprouvait beaucoup d'inquiétude à ton égard. Ce manque de réaction de sa part a mis la Signora Marvese dans une fureur noire. Oh, Joanna, c'était horrible ! Elle t'a tellement insultée que papa s'est révolté. Elle te traitait de dévergondée, de femme

62

légère. Il a perdu son calme et ils ont commencé à s'injurier ! Vincenzo et moi avons essayé de les calmer mais ils ont continué de plus belle... Papa a frôlé l'apoplexie quand elle a déclaré que le comte, son défunt frère, se retournerait dans sa tombe si Leonardo persistait à t'épouser. « Si une de mes filles n'est pàs digne d'entrer dans votre famille, a-t-il répliqué, l'autre ne l'est pas non plus ! Dans ce cas, le mariage de Sara et de Vincenzo n'aura pas lieu. Je leur retire mon consentement ! ».

— Mon Dieu ! murmura Joanna, atterrée, tandis que Sara éclatait à nouveau en sanglots.

Elles savaient toutes deux que leur père, une fois une décision prise, s'y tenait fermement. Le futur de Sara paraissait sombre... Joanna se leva et commença à arpenter la chambre, réfléchissant. Il lui fallait agir concrètement. Elle n'avait pas grande estime pour Vincenzo, qui, selon elle, se laissait dominer de manière honteuse par sa mère. Mais Sara voulait l'épouser et elle aimait sa sœur de tout son cœur. Sara, comme tous les Domini, ne lâchait jamais prise et si Vincenzo lui était refusé, elle tomberait peu à peu dans la plus noire dépression. Peut-être même se laisserait-elle dépérir... Et la faute en retomberait sur Joanna. Elle chercha désespérément une issue à cette situation. Il en existait une, fort simple, mais son esprit la refusait obstinément. Pourtant, elle dut finalement la considérer. Il lui fallait épouser le comte. Ainsi, son père se calmerait et, la Signora Marvese n'ayant que peu d'influence sur son neveu, personne n'écouterait plus ses objections. Joanna serra les poings, torturée par le choix qu'elle devait faire. Tout son être se révoltait à l'idée d'abandonner sa liberté, ses projets de carrière. Mais elle devrait s'y résoudre, pour le bonheur de sa sœur. Si le comte était toujours prêt à prendre épouse, que le marché soit conclu !

Laissant Sara à son désespoir, elle partit à la recherche de Leonardo. Son visage crispé contrastait étrangement avec sa provocante toilette. Elle trouva le comte au salon. Il lui tournait le dos, préparant des verres pour l'apéritif. En l'entendant entrer, il leva la tête vers le miroir qui se trouvait devant lui, au-dessus de la cheminée, et leurs yeux se rencontrèrent dans la glace. Pendant quelques instants, le regard habituellement impénétrable de Leonardo perdit sa réserve et Joanna y vit briller une lueur de surprise. Il détailla longuement le reflet de la jeune fille, admirant la resplendissante neigeur de sa peau au-dessus du corselet noir. Elle se raidit sous cette inspection, s'attendant à de la désapprobation. Mais les traits du comte avaient repris leur courtoise indifférence quand il se tourna vers elle.

— Pourquoi ne portez-vous pas votre médaillon? demanda-t-il, serein. Il s'accorderait très bien à votre robe.

— Je ne suis pas de votre avis, rétorqua-t-elle en s'avançant vers lui, affichant une assurance qu'elle n'éprouvait pas. Vous autres Italiens aimez l'excès. Nous autres Anglais, au contraire, préférons la simplicité...

— La beauté se suffit à elle-même et n'a pas besoin d'atours, n'est-ce pas? commenta-t-il, moqueur, en lui tendant un verre de Sherry. Dans votre cas, je n'opposerai pas d'objections...

Malgré elle, Joanna rougit tandis que le regard admiratif du comte glissait sur ses épaules dénudées et s'attardait sur les profondeurs mystérieuses de son décolleté de résille noire.

— Je suis venue vous présenter des excuses, lança-t-elle en se détournant pour échapper à son embarrassante inspection, oubliant que son dos était largement dénudé lui aussi.

— Cette fois, *cara,* je considère en effet que vous m'en devez... J'ai passé des heures très pénibles la nuit dernière...

La jeune fille lui fit brusquement face, intriguée par l'émotion qui perçait sous sa voix. Mais son visage ne s'était pas départi de sa sérénité, aussi pensa-t-elle s'être trompée.

— Oui, poursuivit-elle, Sara m'a conté la dispute qui a eu lieu entre mon père et la Signora Marvese. Je vais essayer de les réconcilier. Mais auparavant, laissez-moi vous expliquer l'incident de la nuit dernière. La police n'a pas voulu m'écouter. Peut-être m'accorderez-vous plus d'attention...

Elle prit une longue inspiration et commença à relater sa version des faits. Leonardo l'écouta en silence, nonchalamment appuyé au manteau de la cheminée de marbre noir, jouant avec le verre de cristal qu'il tenait en main. Il gardait les yeux baissés et Joanna ne put déceler aucune réaction sur le fier profil tandis qu'elle lui contait ses mésaventures. Une fois seulement vit-elle ses lèvres tressaillir, quand elle lui relata avec indignation l'épisode où l'entreprenant inconnu lui avait pincé la cuisse. Mais il ne fit aucun commentaire.

— Je dois donc me résigner à vous épouser, conclut-elle, maussade. Mon devoir envers Sara m'y oblige. Votre tante regrette sans doute déjà les paroles qu'elle a prononcées hier soir mais mon père a la rancune tenace... Si je réussis à le convaincre de mon désir de me marier, il n'opposera plus d'objections. Notre union ôtera tous les obstacles au bonheur de ma sœur...

Leonardo releva brusquement la tête et fixa Joanna d'un regard glacial.

— Pardonnez mon peu d'intelligence, mais je croyais qu'il s'agissait d'un fait acquis... Les préparatifs ont commencé depuis plusieurs jours. Vous présentez les choses comme si vous veniez juste de prendre votre décision...

Joanna lui jeta un coup d'œil craintif, devinant que son calme extérieur dissimulait une violente colère.

Haussant nerveusement les épaules, elle se réfugia près de la fenêtre avant de lui accorder quelques explications.

— J'espérais, au fond de moi-même, que vous ne me tiendriez pas au pari stupide que je vous ai lancé, avoua-t-elle. Voyez-vous, depuis que je suis à Venise, il me semble vivre un rêve. Je n'arrive pas à me convaincre de la réalité des événements de ces derniers jours. Cette ville appartient au passé... Toutes les choses paraissent sortir d'un livre d'histoire et les gens y suivent des coutumes désuètes, d'un autre siècle... Comprenez-moi ! implora-t-elle. Après le genre de vie que j'ai vécu, j'ai l'impression de visiter un étrange royaume, peuplé de créatures magiques qui s'évanouiront en poussière à mon réveil...

Le comte sortit soudain de son immobilité et s'avança vers la jeune fille avec une rapidité qui la stupéfia. Il la prit sans ménagement par les épaules, agrippant sa peau fragile avec une violence qui la fit presque crier et dont elle ne l'aurait jamais cru capable. La colère qu'elle lut sur son visage l'effraya. Il passa un bras autour de sa taille et l'attira brutalement contre lui. Avant de fermer les yeux, terrorisée, Joanna eut le temps de voir un masque dur, au regard reflétant une rage froide, aux lèvres pincées de dépit, s'incliner sur elle.

Il l'embrassa avec une fureur vengeresse, cherchant d'abord à la blesser, puis se détendant lentement pour lui imposer un baiser d'une passion de plus en plus brûlante. Jamais personne n'avait embrassé Joanna ainsi... Il lui semblait être marquée au fer rouge, pour la vie. Dans un éclair de lucidité, elle craignit que tous voient, à présent, qu'il l'avait frappée de son sceau.

Il la lâcha si brusquement qu'elle chancela contre lui, privée de force, et reposa sa tête contre son épaule pour reprendre ses esprits. La voix du comte lui parvint,

66

suave, contrôlée, sans aucune trace de la passion qu'ils avaient partagée.

— Rien n'est réel avant d'y avoir goûté... disait-il. Je regrette de vous avoir tirée si brusquement de votre rêve, mais je ne pouvais vous permettre d'entrer dans le mariage en me considérant comme un fantôme... Je suis bien vivant, Joanna, tout comme vous ! Et, ensemble, nous trouverons l'amour dans le mariage...

— L'amour ! s'écria-t-elle avec mépris. Je n'éprouve que haine pour vous !

— L'amour et la haine sont des sentiments jumeaux, objecta-t-il. Ils naissent tous deux dans la passion... La vie, même à Venise, n'est pas un mirage. A présent que je vous ai précipitée au bas de votre berceau d'illusions, peut-être commencerez-vous à sentir, à vivre !

Le sang de Joanna se glaça en découvrant le visage plein de détermination du comte. Affolée, elle recula d'un pas. Une terrible menace planait sur elle... Comment avait-elle pu se méprendre à ce point sur le compte de Leonardo ? Elle avait oublié qu'aucun félin n'avait jamais été surpassé, par aucun autre animal. Et le roi des félins était le lion...

7

Le temps passa et, inévitablement, l'aube du jour du mariage se leva, promettant un superbe soleil. Quand Joanna sortit du palais au bras de son père, elle cligna des yeux. Venise tout entière semblait baigner dans une lumière dorée liquide. Les coupoles rutilaient, le vieux rose des édifices se mirait dans l'eau calme des canaux. Devant eux, la gondole des Tempera, laquée de frais, tirait sur ses baroques amarrages. Un domestique du comte, revêtu pour l'occasion de la traditionnelle livrée mauve des gondoliers, attendait à son bord, appuyé à la rame. Il semblait un peu embarrassé par ses beaux atours, remarqua Joanna, tandis qu'il l'aidait à prendre place sur les coussins et arrangeait avec précaution son immense voile autour d'elle. La Signora Marvese avait insisté pour que la cérémonie soit fastueuse, digne du siècle dernier où les mariages vénitiens étaient réputés dans toute l'Europe pour leur splendeur. Le plus fameux coiffeur de la ville avait donc coiffé Joanna, lavant, brossant, coupant, jusqu'à transformer les cheveux de la jeune fille en une parfaite et rutilante cape de soie fauve. Puis il les avait roulés en une épaisse torsade qu'il avait fixée dans le creux de son cou. Enfin, le voile de dentelle avait pris place sur cette élégante coiffure, maintenu par la fameuse couronne de feuilles d'or des jeunes mariées de la famille Tempera. La robe de brocart tissée de fils d'or se composait d'un corselet, mettant en valeur la finesse de la taille de Joanna, et d'une ample jupe épaissie par d'innombrables jupons raides. Un groupe de badauds s'était formé devant le palais. Tandis que la mariée attendait que son père s'installe à ses côtés, une brise se leva, soulevant son voile et révélant son expression grave mais déterminée, son teint peut-être encore plus pâle que d'habitude. Des oh et des ah d'admiration s'élevèrent de la foule des curieux. Tout était bien : la jeune fiancée anglaise du comte, bien que réputée de caractère difficile, était consciente de l'honneur qui allait lui échoir et se conduisait en vraie comtesse.

La gondole partit dans une grande envolée de rubans de satin rose et commença sa progression vers l'église. Une file de vedettes, transportant les invités, la suivit. L'église était toute proche mais la traversée sembla interminable à Joanna. Elle se força à sourire et à retourner les saluts amicaux des passants alignés sur les quais. Les bateaux s'écartaient sur leur passage et encourageaient le défilé nuptial à force coups de klaxon. A chaque mètre, le cœur de Joanna se crispait un peu plus... Enfin, la gondole s'amarra devant l'église. Le prêtre, à la chasuble chamarrée d'or, s'avança pour aider la jeune fille à prendre pied sur le quai. Il souriait largement mais elle put à peine lui rendre son salut tant sa gorge était serrée. Leonardo attendait à l'intérieur, devant l'autel. Son costume noir à queue-de-pie prêtait à son long corps mince une stupéfiante élégance. Joanna remarqua à peine le décor qui l'entourait tandis qu'elle s'avançait lentement vers lui. Dans d'autres circonstances, elle aurait admiré les gracieuses arcades de l'édifice, les voûtes de bois sombre, les innombrables chérubins dorés se pressant sur les murs de marbre. Par la suite, elle ne se rappela que le suffocant parfum d'encens qui l'avait saisie à la gorge, mélange d'épices orientales et de fleurs capiteuses. Comme dans un rêve, elle s'assit sur le siège de velours rouge et murmura les réponses que lui indiquait son livre de messe. Depuis des semaines, elle vivait dans un étrange état de léthargie. Toute révolte l'avait quittée et elle avait écouté, comme une somnambule, les conseils et les directives de son père, de la Signora Marvese, de Sara, tous très excités par ce mariage. Elle avait distraitement acquiescé à tout ce qu'on lui demandait, et ses célèbres accès de colère avaient totalement disparu... L'énormité de la décision qu'elle avait prise la pétrifiait chaque jour un peu plus.

Mais quand le comte glissa à son doigt un lourd anneau d'or, elle sursauta et retira brusquement sa main, comme brûlée par un fer rouge. Leonardo avait dû s'attendre à une telle réaction car il saisit fermement son poignet. Et soudain, tout fut accompli. Joanna et le comte étaient mari et femme. Le chœur s'en réjouissait dans de grands chants liturgiques, l'orgue ajoutait sa voix puissante à ce joyeux concert, les invités riaient et se serraient la main... Même le prêtre semblait au comble de la joie. Son visage réjoui affichait un grand sourire satisfait, comme s'il se félicitait d'avoir emprisonné Joanna dans des vœux éternels. Leonardo s'inclina vers elle et, avant qu'elle n'ait pu l'en empêcher, il effleura ses lèvres froides des siennes.

— *Che duri per sempre, cara...* murmura-t-il à son oreille.

« Que notre union dure toujours », traduisit mentalement Joanna. Elle espérait bien le contraire !

— Nous verrons... répondit-elle, sibylline, en couvrant le comte d'un regard qui n'avait rien d'adorateur...

Il fronça un instant les sourcils puis sourit avec une indulgence qui la fit tressaillir tout en la conduisant vers la sortie de l'église et la gondole. Joanna ne put s'empêcher de trouver au regard du lion, qui en ornait la proue, un cruel éclat de triomphe...

70

Le cortège reprit le chemin du retour. Un succulent festin organisé par la Signora Marvese, attendait les invités au palais. Celle-ci, ayant à sa disposition les fonds illimités d'Enrico Domini, ne s'était pas arrêtée à des considérations financières. Elle avait réuni sur de grandes tables une véritable orgie de nourritures, naturellement des plus raffinées. A perte de vue s'étendaient de fins jambons de Parme, des poulets fourrés, des rôtis à peine sortis du four, des plats entiers de crevettes et de langoustes baignant dans de délicates sauces, sans oublier bien sûr les traditionnelles lasagnes et le *fritto misso,* fruits de mer et poissons grillés. A une table voisine, les invités pouvaient choisir leurs desserts entre une myriade de glaces, d'entremets, de gâteaux et de petits fours. Les domestiques emplissaient sans cesse les verres de cristal des vins les plus fins.

— Désires-tu manger quelque chose, Joanna ? demanda affectueusement Sara, en s'approchant des nouveaux mariés qui se tenaient devant la porte pour accueillir les invités.

Depuis les fiançailles de sa sœur, Sara lui témoignait une grande gentillesse, consciente du sacrifice consenti en sa faveur.

— Tu n'as pas pris de petit déjeuner, reprit-elle, et tu as refusé de dîner, hier soir... Tu dois être affamée. Je vais t'apporter un de ces canapés que tu adores : « un diable à cheval ».

— C'est une bonne idée, intervint Leonardo. Nous devons encore rester à l'entrée durant quelques minutes ; aussi, donnez vite à Joanna un de ces « Diable à cheval ».

— Non, ce n'est pas la peine, refusa brusquement celle-ci... J'ai eu ma ration de diables pour la journée...

Disant ces mots, elle décocha un regard mauvais à son nouveau mari, regard qui n'échappa pas à Sara.

— Comment peux-tu insinuer que Leonardo est un

diable ? protesta-t-elle. C'est, au contraire, un vrai gentleman !

— D'après notre grand poète anglais, Shelley, riposta Joanna, le diable est parfois aussi un gentleman...

Sara leva les yeux au ciel et haussa les épaules avec résignation.

— Comment parviendrez-vous à apprivoiser ma sœur, Leonardo ? demanda-t-elle en se tournant vers celui-ci. Son impossible caractère nous a déjà presque conduits au désespoir, papa et moi... Je me demande si vous y trouverez jamais un remède...

— J'essaierai la patience et la douceur, répliqua Leonardo d'un ton un peu froid.

Sara le regarda avec surprise. Le comte pouvait être d'une fermeté glaciale parfois, même s'il la dissimulait sous une enveloppe de courtoisie parfaite. L'espace d'une seconde, elle plaignit sa sœur. Celle-ci prétendait, sans s'en cacher le moins du monde, que le fameux lion des Tempera n'était plus qu'un vieux matou édenté. Sara en doutait beaucoup... Mais elle devait admettre que Leonardo faisait preuve d'une grande indulgence envers Joanna. Il témoignait d'une mansuétude que jamais Enrico Domini ou elle-même n'avaient réussi à garder tout à fait dans leurs rapports avec l'impétueuse jeune fille. Haussant légèrement les épaules, Sara décida que ces deux personnes étaient bien trop complexes pour son esprit simple et partit à la recherche de son calme Vincenzo, qui jamais ne haussait la voix ou n'engageait une dispute. Heureusement qu'il ne ressemblait en rien à son hautain cousin ! Ce dernier avait toujours fait un peu peur à Sara. Elle devinait, sous son masque imperturbable, un dangereux amour de la lutte.

Quand le dernier invité s'éloigna d'eux, les libérant de leur devoir d'hôtes, Leonardo prit la main de Joanna et la porta à ses lèvres.

— Vous vous êtes fort bien comportée, aujourd'hui, *cara*... En fait, depuis quelques semaines, vous me semblez bien calme et docile... Vous seriez-vous par hasard accoutumée à l'idée d'être ma femme ? J'espère que c'est le cas. Notre lune de miel pourrait ainsi commencer sous le signe de l'harmonie et non sous celui de la discorde...

L'accent paternel de ces mots fouetta la fierté de Joanna et elle mit toute la haine dont elle était capable dans le regard qu'elle lui adressa.

— Vous oubliez que j'ai de grands dons pour la comédie, répondit-elle insidieusement. Je ne me suis prêtée à ce rôle de fiancée parfaite que pour le bénéfice de mon père. Puisque j'ai réussi à vous tromper sur mes véritables sentiments, il en sera de même pour lui. Il accordera maintenant sans problèmes la main de Sara à Vincenzo, ce qui était mon seul but. A présent, je redeviens moi-même... J'ajouterai un autre vœu à ceux que j'ai prononcés ce matin. Vous avez ma parole d'honneur, Signore, qu'à partir d'aujourd'hui, je mettrai tout en œuvre pour faire de votre vie un enfer !

Leonardo ne se démonta pas à ces paroles vindicatives. Il se contenta de hausser légèrement les épaules avant d'offrir son bras à sa toute jeune femme.

— Nos invités nous attendent, remarqua-t-il calmement. Pour deux heures encore, je vous demande de vous confiner à votre rôle de jeune mariée resplendissante...

Ce fut une épreuve de force, mais Joanna réussit cependant à remplir honorablement ce rôle. Elle alla de groupe en groupe, conversant gaiement, riant, et faisant preuve d'une impeccable courtoisie tandis que Leonardo la présentait à sa famille. Elle prêta grande attention à chaque nom nouveau, s'attendant toujours à être confrontée à la fameuse Francesca, dont Vincenzo parlait souvent, d'un ton plein de sous-entendus.

Mais, à sa grande déception, elle ne rencontra pas la mystérieuse jeune femme ce soir-là...

Pour s'aider à se montrer sociable et détendue, elle prétendait pour elle-même que cette réception n'était qu'un jeu, où elle devait gagner l'approbation et l'admiration d'un maximum de personnes. Les résultats dépassèrent ses espérances. Leonardo fut bientôt submergé de compliments sur son adorable épouse...

— C'est un ange que tu as fait entrer dans notre famille, Leo, s'exclama un vieil oncle de celui-ci, séduit par les charmes et l'esprit pétillant de sa nouvelle nièce.

— Un ange un peu diabolique, oncle Sergio! objecta gaiement Leonardo en glissant son bras autour de la taille de Joanna. Son caractère est loin d'être angélique, croyez-moi!

— Pour ma part, reprit le vieil homme, j'ai toujours préféré les femmes au caractère affirmé. Quel plaisir peut-on trouver à la compagnie d'une brebis bêlante?

— Que vous êtes gentil, oncle Sergio, de prendre ma défense! roucoula Joanna en pinçant méchamment le bras de Leonardo.

Malgré la douleur, pas un muscle du visage de son mari ne frémit. Mais il prit la main de la jeune femme et la serra avec un telle force qu'elle dut serrer les lèvres pour ne pas hurler. Durant cet échange de bons procédés, il n'avait pas interrompu un instant la conversation mondaine qu'il tenait avec son oncle...

Joanna réussit à maintenir son masque charmant jusqu'au moment où elle dut, avec son époux, distribuer à chaque invité une pochette de dentelle contenant des dragées et une carte signée de leurs deux noms commémorant le mariage. La tradition exigeait que les jeunes mariés échangent quelques mots avec chaque personne, au fur et à mesure de la distribution; aussi Joanna se trouva-t-elle bientôt à la limite de ses forces. Elle éprouvait déjà de grandes difficultés à sourire. Quand, épuisée, elle chancela, Leonardo lui offrit immédiatement son bras pour la soutenir. Il n'avait pas été sans remarquer les cercles sombres qui s'élargissaient au fil des heures sous les yeux de sa jeune épouse. Comprenant qu'elle était prête à s'évanouir de fatigue, il fit signe à Sara de les rejoindre.

— Sara, annonça-t-il, nous allons partir maintenant. La réception se prolongera encore pendant plusieurs heures, mais je suis sûr que vous serez, Vincenzo, votre père et vous-même, en mesure de faire face à la situation. Pour l'instant, pourriez-vous accompagner Joanna dans sa chambre et l'aider à se changer ? Elle doit être très fatiguée...

Pour une fois, Joanna ne protesta pas. En plus d'un incontestable épuisement physique, elle se sentait soudain très déprimée. Elle se rendait compte qu'elle allait bientôt se retrouver seule en tête à tête avec Leonardo et une vague de panique l'envahit à cette pensée. Ils devaient passer leur lune de miel dans la villa d'été des Tempera, située au bord de la lagune de Venise, à une vingtaine de kilomètres de la ville. Quand Leonardo avait annoncé ce projet, au cours d'un dîner, Joanna avait d'abord voulu protester, horrifiée à l'idée d'un tel isolement, mais elle s'était contrôlée pour ne pas irriter son père.

Dans sa chambre, elle ôta la précieuse robe de mariée, et passa un tailleur de lin bleu ciel. Sa sœur ne remarqua pas son étrange mutisme ; elle était bien trop absorbée par la fameuse robe que Joanna avait portée toute la journée.

— Quelle merveille ! murmura-t-elle en caressant d'un doigt respectueux le somptueux tissu. J'aimerais tant la porter pour mon mariage. Mais la taille est bien trop étroite pour moi. Jamais je ne réussirai à fermer les boutons...

— Pourquoi ne te mets-tu pas au régime ? demanda distraitement sa sœur.

— Non, jamais je ne pourrai perdre tous ces centimètres en si peu de temps… soupira Sara. Vincenzo est si impatient de fixer une date ! S'il le pouvait, il m'épouserait demain même !

Si seulement il le pouvait ! fulmina Joanna en son for intérieur. Ainsi, elle ne serait liée à Leonardo que pour une seule journée…

Les invités se réunirent sur le perron pour saluer le départ du jeune couple. Le crépuscule commençait à tomber sur Venise. Malgré les rayons du soleil, Joanna se recroquevilla sur le siège de la vedette, secouée de frissons. Devant elle, les eaux du Grand Canal s'écartaient sous la proue du bateau, pour rejaillir derrière eux en gerbes scintillantes. Ils arrivèrent bientôt sur la lagune et Leonardo lança le canot à pleine vitesse jusqu'aux plages du Lido, célèbre station balnéaire où une multitude d'hôtels, de clubs, de casinos, attiraient chaque année des hordes de touristes. Croyant être arrivée à destination, Joanna s'étonna. Comment un homme amoureux de solitude comme le comte pouvait-il choisir de passer ses vacances sur cette plage à la mode ?

Mais Leonardo ne ralentit pas pour s'approcher des rivages noirs de foule. Ils dépassèrent le Lido et longèrent bientôt une côte absolument désertique. Enfin, la vedette pénétra dans une petite crique et s'accosta à un appontement invisible du large. Au-dessus de la plage, la végétation était si dense, si serrée, qu'il semblait impossible qu'une maison puisse se dissimuler derrière. Toujours sans mot dire, Leonardo aida Joanna à prendre pied sur les planches, puis la guida le long d'un petit sentier tortueux qui serpentait à flanc de côte entre d'épais buissons de bougainvillées. Enfin, ils émergèrent sur une pelouse parfaite dont le vert tendre contrastait avec la sécheresse méditerranéenne environnante. En son centre, située sur une légère hauteur, se dressait la villa. Joanna n'avait encore jamais vu une telle construction. Pour profiter du moindre courant d'air durant les chauds mois d'été, l'architecte avait conçu une maison en deux corps, réunis entre eux par un double toit aux pentes très inclinées. Joanna pensa immédiatement à un grand oiseau blanc, étendant protectivement ses ailes sur l'habitation.

Ils gravirent les quelques marches qui menaient à l'entrée et pénétrèrent dans un hall carrelé de marbre noir.

— La maison possède deux issues, expliqua Leonardo. L'une à l'arrière, que nous venons d'emprunter, et l'autre à l'avant, sur les jardins.

Il se tourna vers sa femme et lui sourit, comme s'il devinait la nervosité de cette dernière quant au nombre exact de chambres que cette maison possédait.

— Votre chambre se trouve sous le plus grand toit, l'informa-t-il nonchalamment, et la mienne est au rez-de-chaussée, sous le deuxième toit... Vous semblez lasse, *cara*... Pourquoi ne prenez-vous pas un peu de repos ? Ainsi, vous serez fraîche pour le dîner que je vais préparer spécialement en l'honneur de notre premier jour de vie commune...

Il la conduisit à sa chambre, décorée et meublée avec la même luxueuse simplicité qui régnait dans le reste de la villa. L'immense pièce blanche contenait, en plus du lit, un canapé de facture moderne, quelques fauteuils et, encastrée dans le recoin d'un mur, une coiffeuse aux grands miroirs.

Leonardo s'appuya au chambranle de la porte et, les mains dans les poches, regarda en souriant Joanna s'approcher de la fenêtre. Patiemment, il attendit une réaction enthousiaste de sa part à la vue qui s'offrait à ses yeux. Mais elle garda le silence et il ne put s'empêcher de demander :

— Alors, qu'en pensez-vous ?

La splendeur du panorama la stupéfia, lui ôtant jusqu'à l'usage de la parole. Les fenêtres s'ouvraient sur l'azur violent de la mer et sur un ciel sans nuages. Au-dessous d'elle, les jardins menaient à une plage déserte et sans doute privée. Pas une habitation, pas un bateau ne venait rompre le splendide isolement, et l'on pouvait se croire à des centaines de kilomètres de toute civilisation... Ce décor idyllique constituait une retraite parfaite pour des amoureux désireux de se retrouver en tête à tête, ou pour de jeunes mariés en lune de miel... La beauté des lieux prêtait sans doute à de grands élans romantiques... Joanna ne put s'empêcher de frissonner. Leonardo le remarqua et, d'une voix dissimulant mal son irritation, il intervint :

— Je vous laisse maintenant... Peut-être, plus tard, quand vous vous serez reposée, serez-vous en mesure d'exprimer votre admiration... Ou votre indifférence !

La porte claqua derrière lui. Mécaniquement, Joanna commença à se déshabiller. Leonardo semblait s'être offensé de son manque de réaction. Il lui en voulait de ne pas s'être pâmée devant l'incontestable beauté des lieux. Mais elle était trop fatiguée pour s'enthousiasmer devant quoi que ce soit. Et elle répugnait à lui donner ce qu'il attendait d'elle, même s'il ne s'agissait que de quelques paroles d'admiration...

Soupirant, elle se laissa tomber sur le lit. Le comte avait raison sur un point. Elle devait dormir pendant quelques heures pour récupérer ses forces épuisées et pouvoir affronter les pénibles journées — et nuits — qui s'étendaient devant elle...

8

— Joanna… Joanna ! Réveillez-vous…

La jeune fille ouvrit des yeux encore embrumés de sommeil. Elle venait de rêver qu'un immense oiseau de proie planait sur son lit, et une peur indicible l'envahit quand elle distingua, penché sur elle, le visage de Leonardo rendu encore plus brun par le contre-jour.

— Vous ressemblez à une enfant quand vous dormez, remarqua-t-il d'un ton presque paternel.

Cependant, le regard qu'il laissa glisser sur l'épaule nue de Joanna n'avait rien d'innocent. Elle s'aperçut soudain qu'elle ne portait qu'une combinaison de dentelle à fines bretelles. Une rougeur diffuse colora ses joues pâles.

— Et vous rougissez également comme une enfant… la taquina-t-il. Une enfant à la fois prude et perverse…

— Je ne suis ni prude, ni perverse ! s'écria-t-elle avec véhémence en se redressant brusquement sur ses coudes.

Leonardo garda le silence, se contentant de l'observer avec une indulgence moqueuse qui la mit hors d'elle. Evitant son regard, elle glissa ses longues jambes fines hors du lit et se leva, cherchant des yeux le peignoir dont elle pourrait se couvrir. Souriant, son mari se baissa et ramassa le négligé de soie pêche qui gisait au pied du lit.

— Est-ce ceci que vous cherchez ? demanda-t-il en l'agitant devant le nez de la jeune fille. Je n'en vois pas la nécessité... Il ne fait pas froid.

Il faisait en effet très chaud dans la chambre mais Joanna le lui arracha des mains comme si elle craignait de mourir de pneumonie.

— Je me demande comment il a glissé par terre, maugréa-t-elle en ceinturant fermement le peignoir autour de sa taille. Et que faites-vous dans ma chambre ? Vous auriez pu frapper avant d'entrer !

Sans perdre son sourire, Leonardo s'assit sur le lit et l'observa avec un intérêt appréciateur tandis qu'elle essayait de fermer les multiples petits boutons qui ornaient le col de son négligé.

— Laissez-moi vous aider, dit-il soudain en se levant et en s'approchant d'elle avec une telle rapidité qu'elle recula d'un pas, surprise.

En quelques heures, cet homme avait totalement changé d'attitude envers elle, et cette subite conversion ne lui plaisait en rien... Il se permettait maintenant des paroles, des regards insultants selon elle. Elle n'allait certainement pas accepter que les rôles s'inversent. Elle lui avait apporté une appréciable dot et il devrait payer à chaque instant cette faveur en lui laissant la maîtrise des opérations ! Mais il était difficile d'imposer son autorité quand de longs doigts bruns s'agitaient contre de récalcitrants boutons tout contre sa peau... Quand il eut fini, elle déclara du ton le plus ferme possible :

— Et maintenant, je vous prie de sortir. Ne rentrez plus jamais dans ma chambre sans ma permission !

Il feignit d'être offensé avec une telle exagération qu'elle grinça des dents ; il n'était pas dupe de son jeu et se moquait d'elle.

— Mais si vous m'interdisez l'accès de vos appartements, objecta-t-il, comment m'acquitterai-je de mes devoirs envers vous ? Rappelez-vous, vous m'avez confié le rôle de *cicisbéo* et vous devez donc tolérer ma présence tandis que je vous coifferai, que je vous ferai couler vos bains...

Il se dirigea vers la garde-robe et en ouvrit les portes pour montrer d'un geste théâtral leur contenu.

— Regardez ! J'ai déjà défait vos valises ! Et je vais maintenant préparer votre bain ; puis je vous laisserai à votre toilette pour mettre la dernière touche au repas que j'ai confectionné tandis que vous dormiez... Vous admettrez que je respecte notre contrat à la lettre. Repousser mes services signifierait que vous me préférez dans le rôle de mari, avec tout ce que cela comporte... Aurais-je par hasard deviné juste ?

Joanna fulmina intérieurement, comprenant qu'il se moquait délibérément d'elle. Le ton faussement innocent qu'il avait adopté en prononçant ces mots ne la trompait absolument pas. Il relevait son défi et maintenant elle n'y pouvait rien sinon accepter qu'il la suive comme son ombre. Quant à l'autre alternative, celle de lui accorder ses privilèges d'époux, il n'en était certainement pas question !

— Très bien, accepta-t-elle en l'accablant de son regard le plus hautain, soyez mon *cicisbéo*. Je veux que mon bain soit prêt dans moins de cinq minutes...

Il ne manifesta pas la moindre déception et s'inclina pompeusement devant elle avant de passer dans la salle de bains, un sourire satisfait aux lèvres. Quand il eut disparu, Joanna se laissa tomber sur son lit, découragée. Il jouait avec elle comme un chat avec une souris. Et, même s'il l'ignorait encore, la souris était bien faible, bien inexpérimentée, face à ce chat roué et sûr de lui... Mais jamais elle ne lui laisserait deviner sa fragilité. Elle agirait comme si aucun trouble ne l'envahissait dès qu'elle se trouvait en sa présence. Rassérénée par ces résolutions, Joanna se ressaisit et se leva, juste au moment où Leonardo refaisait son apparition dans la chambre.

— J'ai préparé votre robe noire, annonça-t-il. Mettez-la pour dîner, elle me plaît beaucoup...

Joanna lui jeta un coup d'œil surpris puis se détourna, serrant rageusement les dents. Elle avait ordonné à Maria de ne pas mettre cette robe dans ses bagages mais quelqu'un avait de toute évidence contredit cet ordre... Et ce quelqu'un la regardait à présent malicieusement de la porte de la salle de bains, réjoui de son petit tour.

— Entendu, répondit-elle avec une indifférence calculée. De toute façon, ma toilette n'a pas d'importance puisque nous serons seuls...

Néanmoins, elle prit grand soin de sa coiffure et de son maquillage avant de descendre rejoindre le comte au rez-de-chaussée. Il ne lui inspirait que mépris mais elle voulait être en possession de tous ses moyens pour l'affronter. Elle savait l'étendue de sa malice... Comme tous les Italiens, il se passionnait pour les jeux de cartes et Joanna l'avait souvent observé tandis qu'il disputait un bridge. Son audace, son habileté presque diabolique à tourner le jeu en sa faveur l'avaient stupéfiée. Affichant toujours la plus grande impassibilité, il se constituait lentement une main de cartes fortes pour l'abattre soudain devant ses partenaires déconcertés, au moment le plus inattendu. Elle commençait maintenant à comprendre qu'il adoptait la même technique dans la vie quotidienne. Il pesait d'abord la valeur de ses adversaires puis les enveloppait insensiblement dans sa toile... Elle devait se tenir sur ses gardes, anticiper ses subtiles offensives et les contrecarrer immédiatement, avant qu'il ne soit trop tard...

Une fois prête, Joanna descendit au salon. Rien dans son attitude ne laissait deviner que tous ses sens étaient en alerte, attentifs au moindre signe de danger. Leonardo la rencontra dans le hall et l'escorta jusqu'à la salle à manger. En y entrant, la jeune femme retint une exclamation de surprise. L'atmosphère qui régnait dans l'imposante pièce évoquait celle du palais d'un sultan oriental. Des bougies bleues, reposant dans des chandeliers d'argent massif, faisaient rutiler les couverts, également en argent, dont le manche façonné répétait le blason des Tempera : le lion à deux têtes. Les flûtes de cristal et les assiettes de porcelaine fine scintillaient doucement, reflétées par la surface de marbre poli de la table. Au centre de cette table se dressait une immense gerbe de roses blanches au capiteux parfum. Joanna réprima un mouvement de panique. Des fleurs, une musique douce, la lueur des bougies, un compagnon suave et élégant dans son smoking blanc, tout était réuni pour l'enivrer et l'apprivoiser contre son gré. Mais elle ne se laisserait pas prendre à cette mise en scène trompeuse ! Contrôlant fermement le frisson de crainte qui la secouait, elle présenta au comte un visage dénué de toute expression tandis qu'il lui offrait une coupe de champagne. Lentement, elle en but une gorgée, puis remarqua négligemment :

— Il fait bien sombre ici... Ne pourriez-vous pas allumer une lampe ?

Les sourcils froncés, le comte l'observa quelques instants en silence, cherchant à deviner si elle éprouvait véritablement des difficultés à voir ou si cette demi-obscurité la mettait mal à l'aise. Enfin, après avoir haussé les épaules avec impatience, il s'exécuta et alluma le grand lustre de cristal au-dessus de leur tête. Joanna se félicita chaudement d'avoir gagné la première manche... Durant le repas, Leonardo la laissa apprécier la nourriture en paix. Il avait préparé un cocktail de fruits de mer, suivi d'un rôti et d'un dessert de framboises à la crème. La jeune femme vida d'innombrables coupes de champagne mais, comprenant soudain que cela faisait plaisir à son mari, elle couvrit son verre de sa main pour l'empêcher de le remplir à nouveau.

— Non merci, refusa-t-elle fermement.

— Pourquoi ? Vous n'aimez pas le champagne ?

— Si, mais j'ai déjà beaucoup bu…

— Mais non ! nia-t-il avec désinvolture en repoussant la main de sa compagne pour la resservir.

Piquée au vif, elle prit le verre plein et le vida d'un seul trait avant de le reposer sur la table, un peu étourdie. Sans se démonter, Leonardo l'emplit à nouveau.

— Le champagne est un vin divin, commenta-t-il en souriant, mais on le boit au paradis comme en enfer…

— Et auquel de ces deux endroits appartenez-vous ? le défia-t-elle en relevant le menton.

Lentement, il leva les yeux vers elle et laissa glisser son regard sur la crémeuse blancheur de ses épaules dénudées.

— Qui sait ? murmura-t-il, énigmatique, en fixant sans vergogne les profondeurs de son décolleté.

Une intense rougeur envahit peu à peu le visage de Joanna. Embarrassée par le ton délibérément intime du comte, elle chercha à se donner une contenance et saisit brusquement sa coupe de champagne. Mais la nervosité la rendit maladroite et le verre se renversa sur la table, précipitant vers Leonardo une rivière de vin doré.

— Malédiction ! jura-t-il en sautant instinctivement sur ses pieds pour éviter le pire de l'inondation qui avait déjà taché son smoking.

Joanna saisit une serviette et se précipita à ses côtés, balbutiant des excuses.

— Je suis désolée, répétait-elle en tamponnant le revers de la veste du comte. Quelle maladresse de ma part !

Soudain, deux mains saisirent ses épaules et le comte la força à se redresser et à le regarder. Toute trace d'ironie avait disparu de son visage subitement devenu grave.

— Joanna… fit-il d'une voix basse et rauque en l'attirant contre lui.

Avant qu'elle n'ait pu le repousser, il avait noué ses bras autour de sa taille. Elle sentit ses mains brûlantes glisser sur la peau nue de son dos. Doucement, il inclina la tête et chercha ses lèvres. L'ardeur virile de son baiser la frappa comme une décharge électrique et la laissa sans forces, frissonnante d'une étrange volupté. L'atmosphère créée tout spécialement pour la séduire, les fleurs, la musique douce, le vin pétillant, tout cela la laissait vulnérable aux avances de son trop séduisant mari... Etourdie par les nombreuses coupes de champagne qu'elle avait bues, elle s'abandonna à la délicieuse euphorie qui l'envahissait et glissa ses bras autour du cou de Leonardo, lui faisant ainsi comprendre qu'elle capitulait devant sa passion. Rendu fou de désir par ce signe muet de reddition, il resserra son étreinte et meurtrit ses lèvres de baisers encore plus brûlants. Elle ne protesta pas quand il la souleva dans ses bras pour la porter jusqu'à sa chambre. Là, il l'allongea avec une douceur presque respectueuse sur le grand lit, et murmurant à son oreille des mots tendres, il dégrafa sa robe et la lui ôta rapidement avant de la jeter sur le sol. La dextérité avec laquelle il avait accompli ce délicat tour de passe-passe vestimentaire frappa les sens alanguis de Joanna comme un jet d'eau glacial.

— Non ! s'écria-t-elle en se débattant pour échapper à Leonardo.

A ce moment-là, elle sentit ses lèvres chaudes se poser sur la fossette qui ornait gracieusement ses omoplates.

— Il y a si longtemps que j'avais envie de vous embrasser là, *cara,* chuchota-t-il d'un ton complice. Dites-moi, qu'éprouve-t-on à être embrassée par le démon ?

— Rien, sinon du dégoût ! jeta-t-elle.

Surpris, il relâcha légèrement l'emprise de ses bras et Joanna en profita pour le repousser et se lever. Le dos tourné, elle passa son peignoir tout en l'accablant d'un flot de reproches haineux.

— Je reconnais détenir une part de responsabilités dans ce qui s'est passé, admit-elle enfin. Je ne comprends vraiment pas ce moment de faiblesse de ma part... Vous devez me croire idiote, naïve, capable de perdre la tête pour n'importe quel tour usé de séducteur ! Bien joué, Signore... Vous avez découvert ma vulnérabilité et vous l'avez exploitée en m'enivrant volontairement de champagne. Heureusement, j'ai repris mes esprits à temps et je ne suis pas tombée dans votre piège !

Elle se tourna brusquement vers son mari, mais il s'était éloigné du lit et se tenait à présent devant la fenêtre, scrutant en silence les profondeurs de la nuit étoilée à l'extérieur. Ce mutisme exaspéra Joanna.

— Rappelez-vous, cria-t-elle au dos immobile qu'il lui présentait, que moi, et moi seule mène le jeu ! Papa vous a payé pour m'épouser et je ne vous permettrai jamais de l'oublier !

Il lui fit brusquement face et s'avança vers elle à grands pas, les traits tendus. Effrayée, elle recula jusque dans un angle de la pièce. Quand il voulut la toucher, elle s'esquiva prestement mais il la rattrapa par l'épaule. Ses lèvres serrées trahissaient sa contrariété. Cependant quand il parla, sa voix contrôlée n'exprimait qu'une douceur patiente.

— Ne dites rien pour le moment, conseilla-t-il. La colère pourrait vous arracher des mots que vous regretteriez plus tard... Je devine vos sentiments : vous êtes choquée, effrayée, peut-être avez-vous un peu honte... Mais il ne le faut pas, Joanna... Nous sommes tous humains et nous ne devons jamais renier nos passions. Il y a quelques instants, vous m'avez prouvé que vous pouvez être une femme généreuse, passionnée, quand vous vous le permettez... Mais vous avez encore besoin de temps. Et j'aurais dû, de mon côté, me montrer moins pressé... N'y pensez plus, petite Joanna, et dormez maintenant.

Joanna craignit un instant de fondre en larmes devant lui. Déjà, de douloureux sanglots crispaient sa gorge. Elle les ravala et, appelant la colère à son aide, lança d'une voix tremblante qu'elle cherchait à rendre méprisante :

— Vraiment, Signore, vous me parlez comme à une enfant ! Mais vous vous trompez : je connais la passion et peu de choses peuvent encore me choquer... Vous êtes plein de préjugés vieux jeu ! Croyez-vous donc que les jeunes filles de notre époque attendent leur mari pour goûter à l'amour ?

Sans mot dire, il accentua la pression de sa main sur son épaule.

— Pourquoi tremblez-vous ? demanda-t-il soudain. Avez-vous froid ?

— Non, répondit-elle d'un ton coupant en repoussant sa main.

— Avez-vous peur de moi ? insista-t-il.

— Bien sûr que non !

— Dans ce cas, pourquoi tremblez-vous ?

— Laissez-moi tranquille ! riposta-t-elle, à bout de nerfs.

Elle se dirigea à grands pas vers la porte et l'ouvrit, signifiant au comte de sortir. Lentement, il s'approcha d'elle.

— Je ne tremble certainement pas de peur, Signore ! mentit-elle en soutenant son regard et en relevant le menton d'un air de défi. Sachez que, si vous aviez réussi à me séduire ce soir, vous n'auriez pas été le premier à y parvenir... Que dites-vous de cela ?

Il réfléchit quelques instants avant de répondre calmement.

— Si vous me posez la question en général, je ne me donnerai pas la peine d'y répondre. Mais si votre déclaration repose sur des faits réels...

— Oui, le pressa-t-elle, que ferez-vous?

Il leva lentement les mains et en encercla le cou de la jeune femme avant de répondre d'un ton doux qui ne dissimulait pas une dangereuse menace :

— Je me verrai dans l'obligation de vous étrangler, ma chère...

9

Joanna paressait dans une chaise longue au bord de la piscine, suivant des yeux Leonardo qui venait d'entamer d'un crawl souple sa dixième longueur de bassin. Il semblait n'éprouver aucune fatigue. Ses mouvements étaient toujours impeccables et réguliers. Sans doute ne s'arrêterait-il qu'après avoir couvert un kilomètre... Ils résidaient à la villa depuis trois jours maintenant et il n'avait pas une seule fois fait allusion à l'incident qui avait eu lieu la première nuit. Il traitait à nouveau Joanna avec une indulgence paternelle, respectant son désir de solitude et ne protestant jamais quand elle disparaissait immédiatement après le petit déjeuner. Elle empruntait alors le sentier qui menait à la plage et explorait les criques voisines, ramassait des coquillages, se baignait, ou prenait tout simplement des bains de soleil. Mais, après trois jours, cette oisiveté commençait à lui peser et, contrairement à son habitude, elle ne s'était pas enfuie après le petit déjeuner ce matin-là. Etonné, Leonardo lui avait demandé :

— N'avez-vous aucun projet pour aujourd'hui ? Vous semblez toute désorientée...

— Eh bien... avait-elle répondu, embarrassée, j'irai peut-être me baigner à la plage un peu plus tard...

— Pourquoi ne me tenez-vous pas compagnie au bord de la piscine aujourd'hui ? avait-il proposé. Cet après-midi, nous pourrions peut-être faire une promenade...

Joanna avait hésité. Il avait formulé cette invitation avec la plus grande indifférence, comme s'il se moquait de s'entendre donner une réponse négative. Aussi avait-elle accepté d'un ton également détaché :

— Pourquoi pas ?

Depuis leur arrivée à la villa, une femme d'un village voisin venait tous les jours remplir les fonctions de cuisinière et de femme de ménage. Elle arrivait tôt pour préparer le petit déjeuner et repartait le soir après le dîner. Elle s'approcha à ce moment-là de Joanna pour lui offrir un plateau contenant une cruche de jus d'orange frais et une assiette de biscuits aux amandes.

— Merci beaucoup, Dina, la remercia la jeune femme en se redressant dans sa chaise longue. Laissez le plateau sur la table. Je remplirai les verres quand le comte me rejoindra.

Dina lui rendit son sourire et s'inclina dans une courte révérence avant de s'éloigner. Elle fronçait légèrement les sourcils, perplexe. La jeune épouse du comte était vraiment ravissante, réfléchissait-elle, mais toutes les Anglaises agissaient-elles aussi bizarrement ? Depuis trois jours, le Signore et sa jeune femme faisaient chambre à part, et la Signora disparaissait régulièrement après le petit déjeuner, laissant son mari seul à la villa... Son propre conjoint avait refusé de croire Dina quand elle lui avait expliqué cette étrange situation.

— Mais non, tu te trompes ! s'était-il écrié. Le comte est un homme bien trop viril pour accepter de mener une vie de célibataire durant sa lune de miel !

Mais Dina savait qu'elle ne se trompait pas et elle ne pouvait s'empêcher de s'interroger... Au moins, la jeune Signora n'avait pas disparu aujourd'hui. Peut-être consentait-elle enfin à changer d'attitude envers le comte.

90

Leonardo se hissa hors de la piscine et s'attarda quelques instants au bord du bassin, faisant jouer ses muscles. Sa peau hâlée ruisselait de multiples gouttes d'eau. Joanna détourna les yeux de ce corps parfait, se demandant comment elle avait pu le méjuger jusqu'à le comparer à un matou édenté... Le lion ne rugissait en effet presque jamais, mais il lui avait infligé la morsure du désir. Elle rougit violemment en évoquant cette fameuse nuit où il avait réussi à l'égarer de passion et se pencha précipitamment vers le plateau posé à côté d'elle, voulant dissimuler à Leonardo ses joues subitement écarlates. Mais rien ne lui échappait...

— Vous semblez avoir chaud, remarqua-t-il en se laissant tomber sur la chaise longue voisine. N'abusez pas du soleil, votre peau n'y est pas encore habituée.

Cette sollicitude eut le don de l'agacer. Mais la proximité de ce long corps viril la troublait encore plus... Depuis trois jours, l'émotion de la première nuit ne s'était pas apaisée et elle frémissait toujours quand Leonardo effleurait sa main par mégarde ou quand leurs regards se croisaient. Elle s'irritait de ces réactions qu'elle tenait pour une méprisable faiblesse de sa part. Son dépit perçait sous sa voix quand elle demanda :

— Combien de temps restons-nous encore ici ?

Les traits du comte s'assombrirent.

— Pourquoi ? s'enquit-il. Vous ennuyez-vous déjà à la villa ? C'est de ma faute, je ne m'occupe pas assez de vous. J'apprécie la solitude, le calme, et j'oublie souvent que mon entourage n'a pas les mêmes goûts... Mais je vais m'efforcer de remédier à votre ennui puisque notre séjour durera encore deux semaines.

— Deux semaines ! s'exclama Joanna, horrifiée. Est-ce vraiment nécessaire ? Ne pourrions-nous pas rentrer à Venise plus tôt ?

— Non, c'est impossible. Le palais est en train de

subir quelques rénovations. J'ai demandé à une entreprise spécialisée de solidifier les fondations.

Les lèvres de Joanna se pincèrent.

— Je vois que vous avez vite trouvé usage de ma dot... Craigniez-vous que papa ne revienne sur sa décision, par hasard ? railla-t-elle.

— Pas du tout, répondit Leonardo, ignorant cette perfide insulte, mais de tels travaux ne peuvent être entrepris qu'à une certaine période de l'année et nous nous trouvons justement dans cette période.

— Voilà de l'argent jeté par les fenêtres, poursuivit-elle d'un air sombre cherchant à pousser la patience du comte à bout. D'après les experts, Venise est condamnée à s'enfoncer peu à peu dans la lagune.

— Oui, je le sais, opina-t-il gravement. Dans certains quartiers, de nombreuses colonnes et portails, autrefois au rez-de-chaussée, sont maintenant noyés sous l'eau. Au Moyen Age, le niveau de la lagune se trouvait à un mètre en dessous de l'actuel... Mais, au cours des siècles derniers, les balcons ont dû être surélevés pour échapper à la menace des flots et les murs de brique pourrissent chaque jour davantage... Bien sûr, cette lente noyade pourrait être arrêtée, mais seulement au prix de sommes astronomiques. Pour l'instant, nous autres Venitiens nous contentons de chercher des rémissions à la vie de notre ville...

De toute évidence, le sauvetage de sa cité revêtait une extrême importance à ses yeux. Joanna ne put réprimer un mouvement de jalousie à l'idée que Venise comptait plus que toute autre chose aux yeux de son mari. Elle devinait qu'il consentirait à n'importe quel sacrifice pour en sauver n'en serait-ce qu'une infime partie.

Elle bondit sur ses pieds et se dressa devant lui, révélant sa gracieuse silhouette vêtue d'un simple maillot de bain blanc.

— Je rentre à la villa, déclara-t-elle abruptement. J'ai assez lézardé au soleil pour aujourd'hui.

Etonné par sa soudaine mauvaise humeur, il inclina la tête en signe d'assentiment et la suivit des yeux tandis qu'elle s'éloignait à grands pas vers la maison.

En gagnant sa chambre, Joanna chercha l'explication à sa nervosité, à son subit manque de confiance en elle-même. Une fois dans ses appartements, elle décida de se reposer quelques instants, puis changea d'avis, comprenant qu'elle ne réussirait pas à se détendre. Elle s'appuya à la fenêtre et contempla d'un air sombre le radieux panorama ensoleillé. Que pouvait-elle faire pour occuper le reste de la journée ? La plage et ses environs, ainsi que la villa et ses jardins, n'avaient déjà plus de secrets pour elle. De longues heures d'ennui s'étendaient devant elle... Elle se rappela soudain l'offre de promenade de Leonardo et son moral s'éclaira. Peut-être avait-il déjà oublié sa promesse mais elle décida malgré tout de se préparer, au cas où il viendrait la chercher. Il n'avait pas mentionné le but de cette sortie mais elle espérait bien qu'il s'agirait du Lido... Elle passa une robe d'été verte, de la couleur exacte de ses yeux, et une veste légère assortie pour se protéger de la fraîcheur de la soirée. Une confortable paire de sandales blanches et une pochette de cuir complétèrent sa simple mais élégante toilette. Puis, désœuvrée, elle s'assit sur son lit et commença à attendre, priant pour que son mari ne l'ait pas soudain oubliée. Quand il frappa enfin à sa porte elle se précipita pour lui ouvrir, soulagée. Il parut d'abord surpris de la voir prête, hésita, puis choisit de sourire.

— Bravo ! s'exclama-t-il. Puisque vous vous êtes déjà changée, nous pouvons partir immédiatement.

— Où allons-nous ? demanda-t-elle avec impatience en lui emboîtant le pas. Mais, au fait, comment nous déplacerons-nous ?

— En voiture, bien sûr, répondit-il. Ne vous ai-je

pas dit que je garde en permanence un véhicule au garage de la villa ?

— Une voiture ! s'écria Joanna, ravie. Mais, dans ce cas, nous pourrions aller jusqu'au...

— Jusqu'au Lido ? l'interrompit-il en souriant.

— Comment avez-vous deviné ? s'étonna-t-elle.

— Ma chère Joanna, la taquina-t-il, vous ressemblez à une enfant à qui l'on a promis une journée au bord de la plage ! Si vous n'étiez pas aussi élégamment vêtue, je serais même tenté de vous fournir un seau et une pelle en plastique pour faire des pâtés de sable !

Le trajet jusqu'au Lido se révéla très agréable. La voiture de sport de Leonardo dévorait silencieusement les kilomètres. Joanna s'était déjà souvent demandé comment le comte pouvait se permettre d'entretenir une résidence secondaire en plus de son palais. Et elle découvrait maintenant qu'il laissait en permanence à la villa, non pas un modeste véhicule, mais le dernier modèle des voitures de sport, bolide équipé de tous les luxes imaginables et très certainement ruineux à l'entretien... Ne contenant plus sa curiosité, elle questionna impulsivement :

— Leonardo, pourquoi ne travaillez-vous pas ?

— Mais je travaille ! répondit-il en souriant. Ne m'avez-vous pas assigné l'emploi de *cicisbéo* ?

— N'essayez pas de changer de sujet ! rétorqua-t-elle. Vous vous occupez bien sûr des intérêts de votre famille mais je parlais d'un emploi rémunéré !

— Toutes les occupations payent, d'une manière ou d'une autre... fit-il d'un ton énigmatique en lui lançant un regard amusé.

Joanna s'enferma dans un silence perplexe. Leonardo, bien que réputé ruiné, avait néanmoins un train de vie élevé. Le palais, la villa, les voitures, la gondole privée, les nombreux domestiques, prouvaient qu'il disposait de certaines ressources financières. Les restaurations du palais seraient couvertes par sa dot, mais comment réussissait-il à payer le reste ?

La journée ne se prêtait pas aux conjectures, aussi Joanna oublia-t-elle bientôt ce petit mystère. L'automobile filait le long de la mer. L'éclat du soleil de midi sur les flots blessait les yeux par son reflet aveuglant. On apercevait parfois, à travers un espace dans la végétation qui bordait la route, des plages grouillantes de baigneurs, de gaies cabines de bain en bois, des petits restaurants en plein air, ou encore des hôtels ultra-modernes, défiant de leurs chromes et de leurs verres le profil médiéval de Venise qui se découpait gracieusement de l'autre côté de la lagune.

Leonardo gara la voiture près du front de mer.

— La journée vous appartient, déclara-t-il à sa femme du ton qu'aurait pu prendre un père indulgent devant l'enthousiasme de sa fille. Que voulez-vous faire ?

— Eh bien, promenons-nous, tout simplement, décida-t-elle.

Les petites rues bordées de jolis cafés aux parasols multicolores la captivaient. Elle inspira à pleins poumons l'air salé, trottant rapidement pour se maintenir au niveau de Leonardo qui marchait à longues enjambées, plongé dans ses pensées. Il n'accordait pas un regard à leur environnement.

— Excusez-moi, mais ne pourriez-vous pas marcher un peu plus lentement ? plaida-t-elle enfin, essoufflée.

Il s'arrêta si brutalement qu'elle se cogna contre lui et faillit tomber. Il la retint promptement d'une main.

— Je suis désolé ! s'exclama-t-il. Quelle grossièreté de ma part ! Je ne me rendais pas compte...

Il s'interrompit soudain et poussa Joanna vers la terrasse d'un café.

— Asseyez-vous, ordonna-t-il, je vais vous commander un rafraîchissement. Quel manque de prévenances de ma part de vous avoir fait courir par cette chaleur infernale !

Le soleil embrasait les reflets roux des cheveux de Joanna et Leonardo demanda :

— Pourquoi ne portez-vous pas de chapeau ?

— Je n'en voyais pas la nécessité, avoua-t-elle. Il faisait frais à la villa.

— Abritez-vous bien sous ce parasol, conseilla-t-il.

Elle s'exécuta.

— Ne bougez pas d'ici, lui dit-il avant de s'éloigner.

Quand il refit son apparition, Joanna dégustait un verre de limonade grâce à une longue paille.

— J'aurais dû vous attendre, s'excusa-t-elle, mais j'avais tellement soif ! J'ai déjà commandé une consommation pour vous.

Elle désigna une coupe sur la table, contenant un liquide d'un vert violent.

— Non merci, refusa-t-il en observant avec méfiance la boisson proposée. Voilà ! continua-t-il en déposant un paquet sur les genoux de la jeune femme.

Il s'agissait d'un grand chapeau ! Joanna le posa immédiatement sur sa tête. Les bords frangés de brins de paille lui obscurcissaient le visage.

— De quoi ai-je l'air ? demanda-t-elle, cédant à un fou rire nerveux.

Il leva les yeux au ciel, feignant la consternation.

— C'était le chapeau le moins vulgaire de l'assortiment, soupira-t-il. Au moins, vous êtes parfaitement assortie à notre environnement...

Son regard balaya avec désapprobation la foule animée qui se pressait dans la rue.

Avec son impeccable costume, sa chemise de soie et sa cravate élégante, le comte semblait déplacé dans l'atmosphère décontractée des lieux. Obéissant à son impulsivité habituelle, Joanna se pencha vers lui et lui déclara :

— J'ai souvent pensé que vous devriez adopter une attitude moins guindée en public, de temps en temps...

— Guindée ? répéta le comte, offensé.

— C'est-à-dire... Moins digne, corrigea précipitamment Joanna. Vous n'aimez pas le Lido, n'est-ce pas ?

— Je n'ai jamais beaucoup apprécié les plages à la mode, admit-il franchement. La foule, les boutiques bondées, les enfants barbouillés de glaces, les cris des parents énervés m'irritent. Quoi qu'il en soit, je les supporterai cet après-midi, pour vous...

— Pourquoi n'essayez-vous pas de vous détendre, pour une fois ? suggéra-t-elle moqueusement. Oubliez que vous êtes le comte Leonardo Tempera et devenez un homme normal, sans signes particuliers, cherchant simplement à apprécier la promenade. Oui, continua-t-elle, emportée par son imagination fertile, prétendons que nous venons juste de nous rencontrer ! Vous m'avez adressé la parole à la terrasse de ce café et nous engageons une conversation. Durant tout l'après-midi, nous apprendrons à nous connaître, comme n'importe quel couple. Mais il faut d'abord vous débarrasser de votre image amidonnée. Otez votre veste et votre cravate pour commencer !

Pendant quelques périlleuses secondes, le comte sembla sur le point de la réprimander vertement pour son insolence. Puis une lueur amusée traversa son regard. Il jeta un rapide coup d'œil à Joanna et, convaincu de sa candeur, il céda. Pour la première fois, elle le vit visiblement gêné, chose dont elle ne l'aurait jamais cru capable, tandis qu'il quittait sa veste et dénouait sa cravate.

— Etes-vous satisfaite ? s'enquit-il avec résignation.

Joanna fronça les sourcils en le détaillant.

— Non, quelque chose ne va pas...

Son visage s'éclaira soudain.

— Voilà, j'ai trouvé ! s'écria-t-elle. Roulez vos manches jusqu'au coude.

— Je dois rouler mes manches ? répéta-t-il, abasourdi.

— Oui, j'y tiens, décréta-t-elle fermement.

Avec réticence, il se mit en devoir de dégrafer ses boutons de manchettes en argent. Puis il roula sur ses avant-bras hâlés la précieuse soie bleue de sa chemise. Joanna se pencha vers lui et, timidement, déboutonna son col rigide. Ce simple geste apporta une stupéfiante amélioration. Son cou musclé gagnait beaucoup à être ainsi découvert. Leonardo paraissait brusquement plus jeune, moins austère. Un large sourire détendit ses lèvres, découvrant de parfaites dents blanches.

— Je me sens comme un soldat privé de son uniforme ! avoua-t-il gaiement. En fait, je me demande comment je dois me comporter. Décemment vêtu, je suis sûr d'être civilisé, tandis que maintenant...

Il n'acheva pas sa phrase et haussa les épaules en soupirant. Joanna, immobile, le contemplait en silence. Qu'avait-elle fait ? Elle regrettait amèrement d'avoir opéré cette transformation chez lui... Elle pouvait affronter sans craintes l'homme qu'elle connaissait, le comte. Mais il n'en allait pas de même avec ce jeune et trop séduisant Italien qu'elle avait elle-même imprudemment créé...

10

Un peu plus tard, tandis qu'ils flânaient le long de la promenade du bord de mer, Leonardo prit la main de Joanna et la jeune femme la lui abandonna. Sous le brillant soleil, parmi les cris et les rires des estivants, elle pouvait aisément oublier que son compagnon était le comte Tempera et non l'un de ses jeunes camarades de l'Université. Leonardo semblait s'être dépouillé de sa réserve naturelle en ôtant sa veste et sa cravate. Derrière les verres fumés de ses lunettes de soleil, ses yeux souriaient, non plus comme ceux d'un père indulgent, mais comme ceux d'un homme charmé par la présence de sa jeune et jolie compagne. Sous ce regard admiratif l'humeur de Joanna se mit au beau fixe. Elle s'émerveillait de tout, montrant avec enthousiasme le vol gracieux d'une mouette dans le ciel d'un bleu pur, s'arrêtant pour se pencher avec inquiétude sur un petit enfant en larmes. Il s'était perdu, et Joanna se tournait vers Leonardo pour le presser d'intervenir quand le père du bambin surgit à leurs côtés pour récupérer son fils.

— Vous avez un cœur tendre, Joanna, remarqua Leonardo. Le bien-être des autres, même s'ils vous sont inconnus, a beaucoup d'importance pour vous, n'est-ce pas ? Il est inhabituel de rencontrer une telle sollicitude chez une jeune femme élevée dans l'aisance et le luxe.

Qui vous a appris à vous inquiéter de votre prochain ? Certainement pas votre père. Comme beaucoup d'hommes riches, il est trop absorbé par ses affaires pour accorder de l'importance à ces questions morales. Et Sara m'a toujours semblé être un peu... un peu trop occupée par sa propre personne...

Tout en conversant, ils s'étaient appuyés au muret de pierres qui dominait la plage et observaient la fourmilière humaine couvrant le sable au-dessous d'eux. Joanna remarqua que Leonardo ne regardait plus avec dégoût mais avec curiosité les familles d'estivants luttant pour conserver leur petite parcelle d'espace au soleil. Elle comprit soudain qu'il découvrait un monde nouveau pour lui. Depuis sa naissance, il avait été protégé des dures réalités de la vie par sa famille, par sa position sociale. Les rumeurs du monde ne parvenaient qu'étouffées dans le calme palais Tempera. Peut-être n'avait-il pas vraiment conscience de l'étendue de ses privilèges et croyait-il que chaque homme jouissait des mêmes conforts que lui. Une certaine pitié envahit la jeune femme, chose qu'elle n'aurait jamais cru pouvoir éprouver pour le comte.

— Ma mère m'a expliqué très jeune que nous ne devions jamais oublier ceux qui sont nés moins fortunés que nous, expliqua-t-elle lentement. Et ne croyez pas qu'elle était l'une de ces dames patronnesses qui s'occupent de bonnes œuvres à leurs moments perdus ! Elle était si aimante, si généreuse, qu'elle aurait conservé ces qualités même vivant dans la plus sombre pauvreté... L'argent, les possessions, ne signifiaient rien pour elle. Un jour, je m'en souviens très bien, je lui ai demandé : « Maman, qu'adviendrait-il de nous si papa perdait sa fortune ? » « La vraie richesse d'un homme », me répondit-elle, « est sa famille ». « Tant qu'il aura l'amour de ses enfants, ton père ne sera jamais pauvre... »

Emue, elle s'interrompit. Leonardo accentua la pression de ses doigts sur sa main.

— Quel âge aviez-vous à la mort de votre mère ? interrogea-t-il doucement.

— Douze ans, soupira-t-elle.

Puis, ne voulant pas s'appesantir sur un sujet encore douloureux, elle se tourna vers lui et s'enquit :

— Et vous ? Je ne vous ai jamais entendu mentionner votre mère... Peut-être, vous non plus n'aimez-vous pas évoquer des souvenirs si pénibles...

Son haussement d'épaules indifférent la surprit.

— Je n'ai aucun souvenir, répondit-il. Ma mère est morte en me donnant le jour...

— Oh... Je suis désolée...

— Pourquoi ? s'étonna-t-il en souriant avec indulgence. Je reconnais là votre cœur tendre... Mais, comme disent vos compatriotes, on ne peut regretter ce que l'on n'a jamais eu...

— Mais c'est faux ! s'indigna-t-elle, bouleversée par l'image d'un petit garçon solitaire, errant dans un grand palais désert, privé de l'indispensable tendresse d'une mère.

Comme il avait dû souffrir de ne jamais confier ses chagrins enfantins à une oreille aimante ! Personne ne l'avait consolé, cajolé, aidé dans les périodes difficiles comme l'adolescence...

— Peut-être votre père a-t-il redoublé d'efforts, comme le mien, pour contrebalancer cette perte ? avança-t-elle, pleine d'espoir.

Il secoua négativement la tête, montrant pour la première fois une mélancolie sincère.

— Je n'ai jamais eu beaucoup de contacts avec mon père, expliqua-t-il. Il passait le plus clair de son temps à l'étranger, me laissant à la charge de nurses, de précepteurs, et de ma tante, bien sûr... Selon elle, il ne m'a jamais pardonné d'avoir été la cause de la mort de ma mère. S'il était resté à Venise, peut-être aurions-nous pu apprendre à nous connaître, mais cela ne nous a jamais été permis...

— Votre tante vous a dit que... s'exclama Joanna, choquée au point de ne pouvoir achever sa phrase.

Son esprit se révoltait à l'idée d'un traitement si brutal imposé à un orphelin. Elle comprenait à présent pourquoi l'enfant solitaire était devenu un homme sauvage, renfermé. Un lourd fardeau de culpabilité pesait sur ses épaules depuis l'âge le plus tendre. Les années, et l'éducation qu'il avait reçue, l'avaient doté d'une assurance apparente, mais, au fond de lui, il devait encore souffrir de cette enfance sans amour. Une vague de compassion inonda Joanna. Indignée, elle s'écria avec impétuosité :

— Je ne comprends pas comment vous pouvez encore vivre dans une maison si pleine de souvenirs pénibles ! Pourquoi ne fermez-vous pas le palais pour oublier jusqu'à son existence ? Ou, si cela est impossible, remplissez-le d'enfants pour que leurs rires chassent à jamais tous ces terribles fantômes !

Leonardo rejeta la tête en arrière et partit d'un grand éclat de rire. Surprise, Joanna leva les yeux vers lui et retint son souffle. Dessiné contre un fond de ciel bleu, son profil avait la noblesse de ceux gravés sur les antiques médaillons romains. Un fou rire secouait toujours ses épaules musclées, faisant virevolter la chaîne d'or qu'il portait au cou.

— Oh, chère Joanna ! soupira-t-il quand il se fut un peu calmé. Votre proposition me tente énormément...

Leurs regards se rencontrèrent, et, soudain, un cercle magique de silence les isola du monde. Les vagues battaient silencieusement le sable blanc, les cris d'enfants se fondaient dans l'air chaud. Joanna entendait seulement les battements sourds de son cœur contre ses oreilles. Lentement, Leonardo ôta ses lunettes de soleil. Ses yeux étaient devenus graves, attentifs.

— Une maison pleine d'enfants heureux... murmura-t-il. Le rêve pourrait devenir réalité, Joanna... Si seulement vous consentiez à m'accepter comme mari.

Elle se mordit les lèvres, hésitant entre le désir de le croire et la méfiance. Il semblait, à ce moment, prêt à tout sacrifier en échange de son vœu... Mais elle secoua volontairement le charme qui s'était soudain abattu sur eux. Le comte n'obéissait qu'à une impulsion momentanée, il ne mesurait pas vraiment la portée de ses mots. Si elle le prenait au sérieux, elle n'éprouverait qu'un horrible embarras quand il se réveillerait de son rêve et reprendrait contact avec la réalité. La sincérité était aussi absente du palais Tempera que la gaieté...

Elle détourna les yeux et essaya de rire.

— J'ai faim, déclara-t-elle d'une voix haut perchée. Pourquoi ne mangeons-nous pas maintenant...

Leonardo crispa un instant sa main sur son épaule puis, résigné, la lâcha.

— Très bien, s'inclina-t-il, usant d'un ton parfaitement neutre. Allons dans un de ces hôtels...

— Oh, non ! protesta-t-elle, résistant à son bras qui la tirait déjà vers la rue.

— Pourquoi ? s'étonna-t-il.

— Pourquoi ne ferions-nous pas un pique-nique ? suggéra-t-elle.

— Un pique-nique ?

Son regard surpris confirma les soupçons de la jeune femme. Il n'avait jamais sans doute connu le plaisir d'un déjeuner sur le sable, sans cérémonie, la joie enfantine de manger simplement, assis au bord de la mer.

— Oui, un pique-nique, décréta-t-elle fermement.

— Bien, si vous le désirez... concéda-t-il avec réticence.

Enthousiasmée par son projet, elle le tira par la manche vers les magasins.

— Allons acheter du pain et du fromage dans une

épicerie, décida-t-elle. Et aussi des cornichons... Vous aimez les cornichons ?

— Oui, admit-il, comme si son goût pour les cornichons le stupéfiait lui-même.

— Prenons aussi des crevettes, insista-t-elle, sentant qu'il se détendait graduellement, et des fruits comme dessert.

Ils achetèrent toutes ces provisions et s'arrêtèrent dans une boutique pour acquérir deux grandes serviettes et deux costumes de bain. Ces achats effectués, ils reprirent le chemin de la plage. Mais après dix minutes passées à enjamber les corps des baigneurs sur le sable, à la recherche d'un petit espace libre, Leonardo se rebella.

— En voilà assez, Joanna ! décida-t-il. Retournons au parking pour prendre la voiture. Je connais une plage privée, non loin d'ici. Le propriétaire est absent mais je suis sûr qu'il ne m'en voudra pas de pique-niquer chez lui sans son autorisation. Nous sommes de vieux amis...

Joanna ne présenta aucune objection et le suivit docilement jusqu'à l'automobile. Elle admettait qu'il avait déjà fait preuve d'une grande patience en supportant la cohue jusque-là, lui qui abhorrait le bruit et l'agitation de la vie moderne. Elle pouvait s'incliner devant ce désir de solitude.

La propriété de l'ami de Leonardo n'était située qu'à dix minutes du Lido, mais ils auraient pu se croire à des milliers de kilomètres de la ville en descendant vers la crique déserte. Pas une empreinte de pas humain ne déparait le sable blanc. Ils dissimulèrent leur panier sous un arbre et partirent se changer derrière les rochers. Joanna émergea quelques minutes plus tard de son abri, un peu honteuse de son apparence. Elle n'avait trouvé qu'un maillot de bain une pièce noir, parsemé d'énormes roses aux teintes criardes. Sa garde-robe à la villa contenant déjà une douzaine de maillots, elle n'avait pas voulu dépenser beaucoup d'argent pour un costume qui ne servirait qu'une fois, mais elle regrettait maintenant cet esprit d'économie. A pas lents, elle s'avança sur la plage, redoutant le regard moqueur dont Leonardo ne manquerait pas de l'accabler en la découvrant dans ce grotesque déguisement. Mais, en levant les yeux, elle le vit sortir de l'ombre d'un rocher et ce fut elle qui éclata de rire. Le comte observait avec dégoût le maillot à raies rouges, bleues et jaunes qu'il venait de passer. Hurlant de rire, la jeune femme se précipita vers lui, désignant d'un doigt accusateur l'atroce vêtement. Mais Leonardo n'était pas du tout amusé... Pendant quelques secondes, ses yeux brillèrent d'un éclat menaçant.

— Jamais je n'aurais dû vous faire confiance pour me choisir un maillot, accusa-t-il. Vous avez délibérément pris celui-ci pour m'embarrasser, n'est-ce pas ?

— Exact ! hoqueta-t-elle, pliée en deux par une nouvelle crise de fou rire. Le mien était si horrible que j'ai acheté pour vous le pire du lot, au cas où vous oseriez faire des comparaisons !

Il bondit vers elle, feignant de vouloir lui administrer une bonne correction, mais elle lui échappa et se mit à courir vers la mer. Il la talonnait de près, cependant elle réussit à plonger tête première dans l'eau et à le distancer. Ce n'était qu'une fausse victoire car il la rattrapa bientôt et lui enfonça d'une main ferme la tête sous les flots.

— Assez, Leonardo, je vous en prie ! supplia-t-elle, suffocante, en refaisant surface. Je vous présente mes excuses sincères ; jamais plus je ne choisirai de maillot de bain pour vous !

— Petite diablesse... fit-il d'un ton très tendre.

Elle s'immobilisa. Il la serra affectueusement dans ses bras, puis, tout aussi soudainement, la lâcha et se mit à nager vers le large. La jeune femme ne vit bientôt plus qu'une tête brune émergeant régulièrement des vagues.

Quand Leonardo reprit pied sur la plage, il trouva Joanna étendue sur son drap de bain, les yeux clos, s'offrant à la chaleur du soleil. Il se laissa tomber à ses côtés, ruisselant, et demanda poliment :

— Pouvons-nous manger maintenant ? Je suis affamé...

Elle alla aussitôt chercher le panier puis décortiqua les crevettes tandis que son compagnon débouchait leur bouteille de vin. Tout leur sembla délicieux, des simples sandwiches de fromage, aux pêches gorgées de jus sucré. Quand ils eurent satisfait leur appétit, ils s'allongèrent sur le sable, repus, partageant dans le silence un merveilleux sentiment d'intimité très simple. Bientôt, ils s'endormirent comme deux enfants heureux.

Joanna se réveilla un quart d'heure plus tard. Elle s'apprêtait à s'étirer de tous ses membres quand Leonardo s'agita dans son sommeil et resserra sa main autour de son poignet, qu'il tenait prisonnier. Elle lui jeta un rapide coup d'œil, cherchant à découvrir s'il feignait de dormir, mais le petit sourire de contentement qui flottait sur les lèvres du comte la rassura. Dans le sommeil, son visage revêtait une étrange vulnérabilité. On pouvait deviner l'enfant qu'il avait été dans ses traits détendus, dans l'ombre que projetait sur ses joues ses longs cils noirs. Combien de fois avait-il baissé ses paupières, autrefois, pour dissimuler les larmes indignes d'un futur comte ? Et combien de fois ses lèvres avaient-elles frémi à cause des peines infligées par l'insensibilité de sa tante ? Privé d'amour maternel, il n'avait même pas eu droit à la tendresse de son père... Le cœur de Joanna se serra. Leonardo semblait condamné à ne jamais laisser libre cours à ses sentiments, à ne jamais connaître l'amour. Même son mariage avait été décidé pour des raisons financières...

Elle se pencha vers lui pour l'étudier, et se permit la faiblesse momentanée de s'imaginer aimée d'un tel homme. Elle savait déjà quel pouvoir il avait sur ses sens... Jamais elle n'oublierait ses baisers... Elle frissonna au souvenir des moments de passion qu'il lui avait fait vivre. Mais Leonardo, bien que ne répugnant pas à exercer un jour sur elle ses prérogatives de mari, ne l'avait épousée que pour sa dot.

Un profond soupir souleva la poitrine de la jeune femme. Elle essaya d'attiser la haine qu'elle avait éprouvée jusque-là pour son époux. Mais, par un étrange mystère, elle ne réussissait plus à secréter de venin contre lui. Son armure de mépris et d'agressivité avait magiquement fait place à un voile de vulnérabilité, si fragile que le moindre des sourires, qu'un seul geste tendre de Leonardo pouvait le déchirer.

Un sombre regard attentif fixé sur elle ramena brutalement Joanna à la réalité. Elle rougit, honteuse de s'être laissée prendre en flagrant délit d'indiscrétion. Elle pria le ciel pour qu'il n'ait surpris aucune expression compromettante sur son visage rêveur. Mais il avait remarqué un subtil changement d'attitude à son égard. Les paroles qu'il prononça à voix basse et lente le prouvèrent.

— Vous semblez différente, aujourd'hui, Joanna, remarqua-t-il. Vous êtes plus douce, plus ouverte... Vous vous exprimez spontanément au lieu de toujours vous tenir sur la défensive. Vous êtes toujours belle, mais, en ce moment, vous avez un éclat incomparable...

D'un geste à la fois brusque et doux, il passa son bras autour de ses épaules et la cloua sur le sable. Fascinée, oubliant toutes ses résolutions, Joanna lutta cependant contre la traîtresse faiblesse qui envahissait ses membres.

— Nous avons passé une merveilleuse journée, n'est-ce pas, *amore*? murmura-t-il d'un ton complice.

Le magnétisme de son regard était irrésistible. Un anneau de panique serra la gorge de la jeune femme. Elle se sentait sans forces, égarée, livrée à son bon vouloir. Elle tenta de parler mais pas un son ne franchit ses lèvres. Seuls ses yeux le supplièrent de ne pas la précipiter dans ce gouffre qu'elle sentait s'ouvrir devant elle. Durant d'interminables instants, leurs regards se lièrent étroitement, lucides et soumis à l'inévitable. Ils ne reniaient plus la puissante attraction qui les poussait l'un vers l'autre mais attendaient, immobiles, savourant la profondeur douce-amère de ce moment décisif. Joanna ferma les yeux, à la fois craintive et impatiente, quand Leonardo se pencha sur elle. Sa large carrure fit écran au soleil et elle rendit grâce à l'ombre complice qui dissimulait son trouble. Les lèvres frémissantes, elle attendit, retenant son souffle, le baiser qui allait véritablement sceller leur union...

Mais Leonardo jura soudain rageusement et la repoussa. Il bondit sur ses pieds et les rayons du soleil s'abattirent à nouveau sur Joanna, la brûlant férocement. Elle roula sur elle-même et se recroquevilla sur son drap de bain, luttant contre une violente envie de pleurer tandis que la souffrance glacée de l'humiliation se répandait dans ses veines.

— Venez, il est temps de partir...

La voix de Leonardo était froide et impersonnelle. Il lui tendit la main et l'aida à se relever, comme si rien ne s'était passé. Une fois debout, elle lui tourna le dos, voulant lui dissimuler ses traits décomposés. Une vague de haine la submergea quand elle l'entendit déclarer d'un ton détaché :

— Retournons à la villa. Puisque vous appréciez tant le Lido, nous pourrions y revenir ce soir et aller au Casino. Qu'en pensez-vous ?

Il avait repris ses exaspérantes intonations paternelles. Fouettée par la rage, elle lui fit face, telle une furie.

— Où voulez-vous en venir, exactement ? gronda-t-elle. Une soirée au casino ! Désirez-vous impressionner une petite fille que vous croyez naïve ou racheter votre déplorable manque de scrupules ? Quoi qu'il en soit, allons au casino... Nous n'avons rien de mieux à faire, n'est-ce pas ?

Elle se réjouit de la surprise blessée qui s'inscrivit un instant sur le visage de Leonardo. Mais un intense découragement fit bientôt place à sa satisfaction. Si les semaines à venir ressemblaient à cette journée, sa force nerveuse n'y résisterait pas... Comme le pervers Casanova, son mari avait joué avec ses émotions avant de décider que, finalement, sa conquête ne l'intéressait pas. Sans doute la comparait-il au délicieux fantôme de son passé : la mystérieuse Francesca...

Si la vie enseignait ses leçons dans la souffrance, songea mélancoliquement la jeune femme, elle était aujourd'hui plus savante d'une chose. Elle savait qu'elle ne devait plus jamais se fier à la sincérité du comte !

Ils se dirigèrent en silence vers la voiture. Joanna se demanda pourquoi, malgré le tapis de sable fin sous ses pieds, malgré le ciel bleu et les chauds rayons du soleil sur son dos, il lui semblait se trouver au cœur d'une nuit froide de janvier...

11

Dina était navrée. Le comte et sa jeune femme avaient à peine touché au délicieux dîner qu'elle avait confectionné. Pire encore, ils ne s'adressaient pas la parole et évitaient de se regarder. Pourtant, leur bonne humeur, au moment de leur départ pour le Lido, avait laissé présager de grandes améliorations à la déplorable situation... Dina avait même espéré que leur lune de miel commencerait véritablement ce jour-là. Au signe de tête du comte, elle ôta prestement leurs assiettes à moitié pleines.

— Puis-je servir le dessert à présent, Signore? s'enquit-elle.

— Pardon? s'excusa-t-il, tiré de sa sombre rêverie. Oh, non merci, Dina, je n'en prendrai pas...

Il se rappela soudain l'existence de Joanna et demanda :

— Et vous, êtes-vous prête à déguster une des délicieuses pâtisseries de Dina?

Dina glissa un regard plein d'espoir vers la jeune comtesse. Mais les traits crispés de celle-ci la découragèrent. Elle portait une merveilleuse robe longue de crêpe vert-nil, dégageant ses épaules parfaites et son long cou gracile. Cependant, sous la cape de cheveux d'or rougeoyant, ses yeux ne reflétaient qu'une morne tristesse. Plusieurs fois, au cours du repas, les coins de ses lèvres avaient frémi, révélant une grande détresse morale. En l'espace de quelques jours, elle avait perdu ses allures d'adolescente et possédait maintenant l'éclat, la fraîcheur d'une rose prête à être cueillie... Le comte était-il aveugle ou feignait-il de l'être ? Dina se perdait en conjectures...

— Non merci, Dina, refusa Joanna en se forçant à lui sourire. Je suis sûre que vos talents de cordon-bleu sont illimités mais je ne pourrais avaler une autre bouchée...

Le comte n'eut même pas la courtoisie de s'inquiéter de l'étrange manque d'appétit de sa jeune épouse. Avec une impassibilité qui fit frémir Dina de colère, il se leva et déclara :

— Puisque nous avons terminé notre dîner, nous nous mettrons en route dès maintenant...

La vieille domestique les regarda monter en voiture de la fenêtre de la salle à manger, les sourcils froncés. Elle n'avait encore jamais vu de jeunes mariés se traiter l'un l'autre avec tant d'indifférence.

Et malgré cela, on sentait autour d'eux un courant de tension presque palpable, semblable au silence vibrant qui tombait sur les terres avant l'éruption d'un volcan...

Au cours de leur promenade au Lido, Joanna avait ardemment souhaité revoir les avenues animées sous la brillante lumière des réverbères. Mais, à présent, le superbe spectacle nocturne de la ville ne lui inspirait plus aucune joie. Depuis leur retour à la villa, dans l'après-midi, elle s'était enfermée dans un silence obstiné. Sara aurait traité cette humeur morne de bouderie pure et simple mais il s'agissait en vérité d'une retraite volontaire en elle-même. Ses nerfs durement éprouvés par l'épreuve de l'humiliation étaient encore trop fragiles pour faire face à une confrontation avec Leonardo. Il n'avait d'ailleurs tenté ni de s'expliquer ni de s'excuser... Mais Joanna ne pouvait repousser

certaines questions lancinantes qui lui revenaient conti-
nuellement à l'esprit. Pourquoi souffrait-elle tant? Pourquoi attachait-elle tellement d'importance à l'indifférence du comte à son égard? Elle avait pourtant la
ferme intention de le quitter au plus tôt… Un jour, au
cours d'un goûter d'enfants, alors qu'elle n'était âgée
que de six ans, Joanna s'était âprement disputée avec
une cousine qui voulait lui emprunter un de ses jouets
favoris. La mère de cette dernière les avait séparées,
accusant Joanna d'être une enfant égoïste et gâtée.
Cela était-il encore vrai? Quand Leonardo, après leur
mariage, avait tenté de rendre leurs rapports plus
intimes, elle l'avait durement repoussé. Et aujourd'hui,
alors qu'elle était enfin prête à l'accepter comme mari,
il lui avait rendu la pareille… L'amertume qu'elle en
éprouvait pouvait-elle se comparer au dépit d'une
petite fille se voyant refuser le jouet convoité?

Quand Leonardo dépassa le casino sans arrêter la
voiture, Joanna se tourna vers lui, surprise.

— Il est tôt, dit-il, anticipant sa question. Les salons
de jeux sont déjà ouverts au public, mais l'atmosphère
y est encore froide… Je connais un bon cabaret non loin
d'ici. Nous y passerons une heure ou deux avant de
revenir au Casino. Qu'en pensez-vous?

Il détourna un instant son attention de la circulation
pour jeter un bref regard à la jeune femme et lui
sourire. Le cœur de celle-ci se mit immédiatement à
battre la chamade.

— Fort bien, répondit-elle aigrement. Qu'il en soit
selon vos désirs…

Le visage renfrogné, elle se cala plus profondément
encore contre son siège, exaspérée par son impuissance
à contrôler ses propres émotions.

Enrico Domini avait préparé ses filles à évoluer dans
les cercles les plus mondains, aussi le luxe et la
sophistication ne leur étaient-ils pas étrangers. Mais
jamais encore Joanna n'était entrée dans un club si

élégant et raffiné. Tandis qu'un portier en grand uniforme garait leur voiture, ils furent accueillis par un respectueux maître d'hôtel qui pria un de ses serveurs de les escorter jusqu'à une excellente table, isolée derrière un rideau de palmiers en pot mais cependant toute proche de la piste de danse. Les éclairages tamisés diffusaient une lumière assez forte pour voir et être vu, mais également assez discrète pour choisir d'ignorer sans impolitesse ceux à qui l'on ne voulait pas adresser la parole... D'épais tapis étouffaient les pas des serveurs s'activant à servir les riches clients de ce club très fermé. Joanna se laissa glisser avec délices dans un moelleux fauteuil. Elle soupira d'aise, distraite un instant de ses préoccupations par la splendeur des lieux.

— Du champagne ? suggéra Leonardo quand le sommelier s'inclina devant eux.

— Volontiers, accepta-t-elle avant de se tourner, curieuse, vers la petite scène où un orchestre attaquait les premières notes d'une sérénade romantique.

La douce musique s'accordait parfaitement à l'atmosphère feutrée et Joanna glissa bientôt dans une douce euphorie en l'écoutant.

— Désirez-vous danser ? demanda soudain Leonardo.

Cette offre la surprit agréablement et elle l'accepta avec enthousiasme.

— Avec plaisir...

Tandis qu'elle se glissait dans les bras de son mari, les conseils de sa grand-mère surgirent inopinément à son esprit. « Sois aussi honnête envers toi-même que tu l'es envers les autres... ». Joanna ne l'admit pas aisément, mais son seul désir à ce moment-là était d'être enlacée ainsi par Leonardo, de pouvoir nouer ses mains autour de son cou, de poser son front contre son épaule et sentir tout contre elle sa chaude présence virile. Il ne se départit pas tout d'abord de sa réserve, mais, au fur et à mesure que la piste se remplissait autour d'eux, il resserra son étreinte et s'abandonna au sensuel plaisir de guider sa jeune femme sur les mélodieux accords de la musique.

— Petite coquette... murmura-t-il à son oreille. Pourquoi avez-vous subitement décidé de faire étalage de votre féminité et de vos considérables charmes devant votre mari, qui, comme vous le savez, y est très sensible ? Je vous préviens, Joanna, vous agissez imprudemment... Ne jouez pas avec le feu. A moins que...

Il laissa ces derniers mots flotter entre eux, omettant volontairement d'achever sa phrase pour mieux en souligner les sous-entendus. Joanna ferma les yeux pour échapper à un vertige soudain. Elle venait de découvrir un incroyable et effarant secret. Toute la journée, cette vérité avait frappé aux portes de sa conscience mais elle l'avait obstinément refoulée. A présent, elle l'acceptait avec un soulagement infini. Elle comprenait maintenant le message contenu dans sa nervosité, dans ses brusques sautes d'humeur, dans son étrange langueur des jours derniers. La cause de tous ces maux avait un nom et ce nom était l'amour. Un sentiment si enivrant, si puissant, qu'il avait réussi à vaincre tous les obstacles dressés devant lui : l'orgueil, les doutes, et même la terrible humiliation de l'après-midi précédent.

— Eh bien, Joanna ? insista-t-il, effleurant de ses lèvres sa tempe où battait une fine veine bleutée.

Elle tressaillit soudainement. La cohue des danseurs était telle qu'elle put tout naturellement se laisser aller contre le long corps musclé de son mari, brisée par l'émotion.

— Leonardo, je viens de me rendre compte... balbutia-t-elle. Je dois vous dire que...

Il comprit immédiatement l'importance du moment et serra plus étroitement encore Joanna contre lui.

— Que devez-vous me dire, Joanna ? Parlez ! ordonna-t-il, tendu.

A ce moment précis, la mélodie que jouait l'orchestre s'acheva dans un long crescendo. Surpris, le couple s'aperçut qu'il était seul, tous les autres ayant déjà quitté la piste. Avec réticences, ils se séparèrent mais Leonardo garda la main de la jeune femme en la raccompagnant à leur table où une bouteille de champagne plongée dans un seau de glace les attendait. En silence, il remplit leurs coupes puis reporta son regard impatient sur sa compagne, remarquant soudain ses joues roses d'émotion, la nouvelle douceur rêveuse qui nimbait ses traits. Lentement, elle prit son verre et l'éleva pour un toast muet. Le champagne n'était-il pas le vin des grands moments d'une vie ? Mais Leonardo s'agita, à bout de patience, et, soudain intimidée, elle prit une grande inspiration avant de dire :

— Leonardo, je...

— Leonardo, mon chéri ! Est-ce vraiment toi ? Je n'en croyais pas mes yeux en te voyant danser sur la piste !

La voix suraiguë déchira brutalement l'intimité de leur tête-à-tête. Une vive contrariété se peignit sur le visage du comte. Mais il se reprit et se leva pour saluer l'intruse.

— Bonsoir, Francesca. Comment vas-tu ?

— Très bien, Leo chéri ! Mais où te cachais-tu ? Voilà des semaines que tu ne m'as pas téléphoné !

Joanna avait devant elle la fameuse Francesca ! Elle remarqua la familiarité presque jalouse avec laquelle cette dernière traitait Leonardo.

Celui-ci ne lui répondit pas immédiatement. Il s'inclina d'abord devant le compagnon de Francesca avant de reprendre :

— Peut-être les présentations serviront-elles d'explication à mon silence. Joanna, poursuivit-il en se tournant vers la jeune femme intriguée, j'aimerais vous faire connaître deux très vieux amis : la Signorina Francesca Pellegrino et son frère, Mario...

Francesca ignora totalement Joanna. En revanche, son frère la couva d'un regard admiratif et très intéressé. Mais ses yeux s'arrondirent de surprise quand Leonardo reprit :

— Francesca, Mario, permettez-moi de vous présenter la comtesse Joanna Tempera... ma femme...

Joanna détaillait attentivement Francesca. Elle possédait une beauté typiquement méditerranéenne, avec sa peau mate, ses yeux et ses cheveux noirs, et des courbes très féminines, avantageusement moulées dans un fourreau noir. Son arrogance était celle d'une femme habituée aux compliments masculins et au respect conféré par une haute position sociale. Les diamants somptueux qu'elle portait au cou, aux poignets et aux oreilles étaient la meilleure preuve de sa considérable fortune. Mais Francesca dut appeler à son secours toute sa bonne éducation pour parer le choc que Leonardo venait de lui infliger. Durant quelques brèves secondes, ses yeux se fixèrent sur Joanna avec une telle haine que celle-ci frémit. Puis l'Italienne fit face à Leonardo, cherchant à découvrir sur son visage la preuve d'une mauvaise farce.

— Je reconnais là ton sens de l'humour, commença-t-elle. Il s'agit d'une plaisanterie, n'est-ce pas ?

Mario s'agita à ses côtés et toussa discrètement.

— Asseyons-nous, suggéra-t-il, fort embarrassé. Nous sommes en train d'attirer l'attention...

En effet, de nombreux regards curieux s'étaient tournés vers eux. Leonardo et Francesca étaient de toute évidence des clients réguliers au Club et l'assistance se passionnait pour cette croustillante confrontation, au mépris de toute discrétion. Tandis qu'un serveur allait quérir deux nouveaux fauteuils, Francesca reprit suffisamment contenance pour afficher une impassibilité que le moindre de ses regards démentait.

116

Elle étudia sans vergogne sa rivale, des pieds à la tête, avant de se détourner, une moue de mépris sur les lèvres. La première phrase qu'elle prononça prouva qu'elle avait la ferme intention de gâcher la soirée de Joanna. Fixant Leonardo d'un regard dur, elle attaqua :

— Puisque tu n'as encore rien nié, je conclus que cette affaire de mariage est bien réelle... Mais pourquoi ne m'as-tu pas prévenue, *caro* ? N'avions-nous pas convenu, durant notre longue et heureuse amitié, que nous ne passerions pas devant l'autel sans en informer au préalable l'autre ? Vraiment, de vieux amis comme Mario et moi avions droit à une invitation à la cérémonie...

Sa voix s'abaissa graduellement jusqu'à devenir un murmure complice et suggestif.

— Peut-être craignais-tu une scène de ma part, des mises en garde... sachant combien je peux t'influencer... Avais-tu peur de me voir pour cette raison ?

Le cœur de Joanna se serra dans sa poitrine. En quelques phrases, Francesca venait de dresser un portrait très explicatif de ses rapports avec Leonardo. Joanna n'était pas naïve au point de croire que son mari avait mené une vie de célibataire chaste avant de la rencontrer. Mais il aurait pu avoir la délicatesse de mettre fin à cette aventure, clairement, avant de l'épouser !

Les toussotements gênés de Mario furent noyés dans la musique de l'orchestre, qui venait de se remettre à jouer. Avec une stupéfaite nonchalance, Leonardo se pencha vers Francesca et lui tapota amicalement la main avant de la réprimander d'un ton badin :

— Allons, Francesca, cesse de jouer la comédie ! Mario et moi connaissons ton goût du drame, mais Joanna n'y est pas habituée. Regarde comme elle est choquée...

Il jeta un bref coup d'œil au visage décomposé de la jeune femme avant de poursuivre :

— Elle est encore très jeune et a sans doute interprété tes paroles de la pire manière... En ce qui concerne l'invitation au mariage, tu en aurais reçu une si tu ne te trouvais pas alors à Paris, en voyage...

Francesca haussa les épaules, apparemment satisfaite de cette explication. Jubilant du méfait accompli, elle adressa un grand sourire à la ronde et se laissa aller dans son fauteuil avec une grâce féline.

— Je te pardonne pour cette fois, *caro,* ronronna-t-elle à l'adresse de Leonardo, mais j'exige que tu m'avertisses en priorité des événements futurs...

Comme, par exemple, d'un divorce, ragea intérieurement Joanna, essayant de rassembler les fragments de sa dignité pulvérisée. Quelle idiote elle avait été ! Elle aurait dû éprouver de la reconnaissance envers Francesca. Celle-ci lui avait définitivement ouvert les yeux et l'avait empêchée au dernier moment de commettre une atroce et humiliante bêtise ! Elle connaissait pourtant depuis longtemps les motifs qui avaient poussé le comte à l'épouser. De plus, elle avait eu la preuve cet après-midi même de sa passion toujours vive pour Francesca... Comment, mais comment avait-elle pu être prête à lui avouer qu'elle l'aimait ?

Quand Mario l'invita à danser, elle accepta son offre avec une immense gratitude.

— Avec plaisir, lui répondit-elle d'un ton si vibrant que Leonardo lui adressa un regard surpris.

Elle se leva et se dirigea rapidement vers la piste, les épaules droites, le menton levé en signe de défi.

Mario était un excellent danseur, ce qui soulagea grandement Joanna car, dans son émotion, elle fit plusieurs faux pas et éprouva quelques difficultés à s'adapter au rythme. Ils dansèrent d'abord en silence, permettant ainsi à la jeune femme de rassembler ses esprits.

— Ma sœur et moi sommes des amis d'enfance de Leonardo, dit enfin Mario. Nos familles se connaissent depuis plusieurs générations. En fait, nos grands-pères étaient associés en affaires... Donc, nous nous voyions très souvent. Ce qui explique notre intérêt pour tous les événements qui se déroulent au palais Tempera...

— Ne vous donnez pas la peine de justifier la conduite de Leonardo, l'interrompit gentiment Joanna. C'est inutile...

— Vraiment ? demanda Mario, étonné.

— Absolument, affirma Joanna d'un ton qu'elle essayait de rendre très détaché. Notre mariage est un mariage d'intérêts, des deux côtés... C'est une longue histoire et je ne vous la conterai pas, de peur de vous ennuyer. Mais soyez assuré, Signore, que la petite scène de votre sœur ne m'a causé aucun grief. En vérité, ses allusions ne m'ont nullement atteinte...

Mario émit un petit sifflement de surprise. Il percevait cependant une anomalie dans cette version des faits sans réussir encore à l'identifier. Néanmoins, l'épouse anglaise de Leonardo semblait posséder toutes les caractéristiques de sa race : la réserve, le détachement... Il serait intéressant de découvrir si son apparente froideur n'était qu'une façade...

L'orchestre se lança dans un flamenco endiablé et Mario décida de tester le sens de l'humour de sa partenaire. Il l'entraîna au centre de la piste et commença à frapper du pied en rythme, faisant virevolter Joanna à bout de bras, comme la cape d'un matador. D'abord surprise, la jeune femme ne résista pas longtemps à l'attrait du jeu et elle entra dans la danse avec toute la ferveur et la souplesse de son jeune corps svelte. Son excitation grandit peu à peu tandis qu'elle se perdait avec enthousiasme dans la musique, consciente mais cependant indifférente aux regards des autres danseurs qui s'étaient réunis sur le bord de la piste pour assister à ce numéro spectaculaire.

Ils se mirent bientôt à frapper des mains, encourageant à grands cris le courageux couple. L'orchestre répéta le flamenco une fois, deux fois, trois fois... Enfin, Joanna et Mario, épuisés, crièrent grâce. Les musiciens attaquèrent alors un slow langoureux.

Joanna se préparait à quitter la piste quand Mario la retint par le coude. La reprenant dans ses bras, il suggéra, audacieux :

— Vous m'avez confié que Leonardo vous est indifférent, mais je crois qu'il mérite tout de même une petite punition... Je le connais bien, il peut être très possessif... Pourquoi ne flirterions-nous pas un peu devant lui ? Il sera furieux, mais nous nous amuserons beaucoup...

La tentation était forte et Joanna, aussi faible qu'Eve...

— Entendu, flirtons ! décida-t-elle, révélant ainsi à Mario qu'elle avait menti.

Si elle n'éprouvait rien pour son mari, elle n'accepterait pas ainsi de le provoquer, raisonna-t-il. Elle essayait de se tromper elle-même en professant l'indifférence, mais son mensonge était la preuve même de l'importance que revêtait Leonardo à ses yeux... Mario réprima un petit sourire. Il n'avait pas grande affection pour sa sœur mais il tenait grandement à l'amitié du comte, une amitié qu'il allait mettre imprudemment en danger...

Ecartant momentanément ses scrupules, il enlaça Joanna et l'entraîna dans le slow romantique que jouait l'orchestre. La jeune femme joua le jeu à la lettre. Elle se blottit contre son partenaire et enfouit son visage dans le creux de son épaule. Mario posa sa joue contre sa douce chevelure, d'où émanait un délicieux parfum, se rappelant fermement à l'ordre. Sa cavalière appartenait exclusivement à son ami... Celui-ci suivait le moindre de leurs mouvements d'un regard glacial, les lèvres serrées...

Ce fut Joanna qui proposa à Mario et à Francesca de les accompagner au Casino.

— Que vous êtes gentille de nous inviter ! roucoula Francesca, ravie.

Mario accepta également, mais avec moins d'effusions que sa sœur. Son flirt avec Joanna se déroulait à merveille, entretenu par les nombreuses coupes de champagne qu'il offrait sans cesse à la jeune femme. Le seul problème résidait dans le soudain changement d'attitude de Leonardo. Au lieu d'afficher la jalousie que Mario avait remarquée chez lui un peu plus tôt, il choisissait maintenant de les ignorer, se laissant distraire par le gai babillage de Francesca. Joanna remarqua vite son manque d'intérêt. Elle riposta en se conduisant de façon toujours plus téméraire. Elle savait qu'elle exagérait mais ne pouvait s'empêcher de parler trop haut, de rire trop fort aux plaisanteries de Mario. Elle osa même lui adresser une œillade aguichante. Elle était prête à tout pour dissimuler la lancinante souffrance qui la rongeait.

Ils se levèrent enfin pour quitter le Club. Leonardo profita d'un moment d'inattention de leurs amis pour attirer Joanna près de lui et prendre sa main. Examinant avec un intérêt feint chacun de ses ongles parfaits, il murmura lentement :

— Vous êtes en train de vous donner en spectacle, Joanna... Je comprends votre préférence pour la compagnie de Mario. C'est un jeune homme très entreprenant... Mais devez-vous vraiment afficher si ouvertement votre plaisir à être courtisée ?

Joanna ouvrit de grands yeux, feignant l'innocence la plus totale.

— Mais je croyais vous faire plaisir en occupant Mario ! Vous avez de toute évidence beaucoup de choses à dire à sa sœur...

— Au contraire, répliqua-t-il sèchement. Nous échangions simplement de vieux souvenirs...

— Eh bien, c'est parfait, n'est-ce pas ? l'interrompit brusquement Joanna, ravalant son dépit. Quelle chance vous avez de posséder une amie si intime que parler devient inutile... Les longs silences complices vous suffisent pour communiquer !

12

Une foule compacte se pressait sous les lustres de cristal des salons du Casino. Joanna et Mario n'eurent aucune difficulté à fausser compagnie à Francesca et Leonardo dans la cohue générale. Mario offrit à la jeune femme une pile de jetons multicolores et l'entraîna de table en table, lui expliquant les subtilités de chaque jeu. Elle choisit finalement la roulette et s'assit en face d'un croupier, le cœur battant d'émotion. Par un merveilleux hasard, ses numéros sortirent souvent et elle se retrouva bientôt en possession d'une impressionnante pile de jetons.

— La chance vous sourit, commenta Mario derrière elle, étonné malgré lui par l'importance de ses gains.

Enivrée par ce succès, Joanna se mit à miser de façon téméraire, gagnant avec une régularité qui surprit tous les autres joueurs. Elle aurait volontiers joué jusqu'à l'heure de fermeture mais Mario l'en empêcha.

— Il est déjà deux heures du matin, Joanna, lui rappela-t-il. Nous devrions rejoindre les autres maintenant.

— Oui, vous avez raison, soupira-t-elle en se levant à regrets. Pourriez-vous me changer ces jetons pendant que je passe au vestiaire pour récupérer mon châle ? Nous nous retrouverons dans le hall, d'ici cinq minutes.

Un quart d'heure plus tard, Mario n'avait toujours

pas réapparu. Désœuvrée, Joanna arpenta le hall empli d'une foule bruyante. Les regards qu'attirait toujours une jeune femme seule dans ces lieux la gênèrent bientôt et, avisant un recoin masqué par des palmiers nains en pot, elle s'y réfugia. Les bruits de conversations formaient une rumeur confuse autour d'elle. Soudain, elle reconnut une voix familière, toute proche d'elle, et découvrit que Leonardo et Francesca étaient assis de l'autre côté du rideau de verdure, à moins d'un mètre d'elle. Elle se préparait à quitter son refuge sur la pointe des pieds quand une question de Francesca l'arrêta net.

— Pourquoi l'as-tu épousée, Leonardo? demandait celle-ci. Elle est étrangère et possède une mentalité à l'opposé de la nôtre... Elle ne ressemble en rien aux femmes que tu as fréquentées jusque-là.

— Voilà la réponse à la question que tu m'as posée, Francesca. Elle est différente...

Le ton léger de Leonardo ne trahissait rien de ses sentiments.

— Allons, Leonardo, ne sois pas évasif! reprit Francesca. Pourquoi n'es-tu pas plus franc avec moi? J'ai le droit de savoir... Durant toutes ces années, tu as évité jusqu'à la mention de mariage. Tu as toujours déjoué — avec une grande galanterie, je dois l'admettre — les complots des femmes désireuses de devenir la comtessa Tempera. Et ces femmes étaient toutes élégantes, sophistiquées, cultivées... Arrive soudain cette petite Anglaise, assez jolie ma foi, mais vraiment insignifiante, et tu l'épouses!

Joanna ne songeait plus à s'éloigner. Rien n'aurait pu l'empêcher d'écouter la réponse de Leonardo...

— Tu es une femme du monde, Francesca, et tu devrais faire preuve de plus de finesse! railla-t-il. J'ai épousé Joanna pour une raison très évidente... Tu n'as certainement pas besoin d'explications supplémentaires pour comprendre cette raison...

Joanna se mordit les lèvres pour ne pas crier d'impatience durant le long silence qui suivit. Elle crut un moment que Francesca et Leonardo étaient partis et se préparait à jeter un coup d'œil par-dessus les arbustes quand Francesca se remit à parler. Sa voix était méconnaissable et contenait toute la tristesse du monde.

— Comme je t'envie, cher Leonardo, disait-elle. J'aimerais tant partager ta chance... Je vais devoir me marier bientôt, moi aussi. Mario et moi vivons bien au-dessus de nos moyens. Mais comment apprendre l'économie ? Depuis notre enfance, nous croyions notre fortune inépuisable. Chacun de nos caprices était exaucé... A la mort de notre père, nous avons hérité d'un minuscule capital, rongé de dettes. Nous avons compris que le seul moyen de garder le train de vie auquel nous sommes habitués était d'exploiter nos qualités personnelles...

Elle éclata d'un petit rire désabusé.

— Si l'on peut appeler qualités ces petits détails : une certaine beauté, le don de porter les toilettes avec élégance, une bonne éducation, un cercle de relations fortunées... En fait, nous ne pouvons prétendre qu'à une seule chose : un riche mariage. Il y a quelques semaines, durant notre séjour à Paris, Mario a presque réussi à nous sauver de la banqueroute. La fille unique d'un riche industriel allemand s'était éprise de lui. L'avenir semblait prometteur quand, un beau matin, la riche héritière et son père se sont envolés, sans même nous saluer ! A présent, je dois me mettre en chasse à mon tour... Ces diamants sont les seuls restes de la fortune de notre famille. Je les vendrai et nous ferons une croisière de luxe. C'est le seul moyen de trouver un riche mari, au point où nous en sommes... Souhaite-moi bonne chance, Leonardo. En ce qui te concerne, tu n'en as plus besoin. Comme tu dois être heureux...

Frémissant de dégoût, Joanna s'éloigna et se dirigea rapidement vers les toilettes. A son grand soulagement, celles-ci étaient désertes. Elle s'appuya contre un mur et prit une grande inspiration, tentant de réprimer le tremblement qui agitait tous ses membres. Les Vénitiens étaient depuis longtemps réputés pour leur vénalité, mais la conversation qu'elle venait de surprendre dépassait toutes les limites de la décence. Le dernier des brigands possédait plus de dignité que Leonardo et son cercle d'amis.

« Souhaite-moi bonne chance… Comme tu dois être heureux ! » Les paroles de Francesca ne laissaient subsiter aucun doute. Elle aussi était prête à piéger dans ses filets le premier des prétendants riches pour satisfaire son appétit de richesses !

De longues minutes s'écoulèrent avant que Joanna ne se sente capable d'affronter ses compagnons. Enfin, elle quitta sa retraite et regagna le hall d'entrée. Mario ne s'y trouvait toujours pas. Indécise, la jeune femme se dirigea vers la sortie. Allait-elle prendre un taxi et s'enfuir loin de Leonardo ? Jamais elle ne pourrait plus lui adresser la parole tant il la répugnait… Qu'il l'aie épousée pour son argent était déjà assez humiliant. Mais il se vantait à présent de sa bonne fortune auprès de ses amis ! Jamais elle ne l'aurait cru capable d'une telle traîtrise !

Mario apparut soudain à ses côtés et s'inquiéta de ses traits défaits. Mais il les mit sur le compte d'une longue attente.

— Je suis désolé, s'excusa-t-il. J'ai dû patienter une éternité à la caisse avant de pouvoir changer vos jetons. Ces caissiers sont d'une lenteur exaspérante ! Francesca et Leonardo ne tarderont plus à nous rejoindre maintenant. Ah, les voici !

Ils se dirigèrent vers eux.

— Grand Dieu ! s'exclama Leonardo en voyant Joanna. Vous semblez épuisée ! Il est temps d'aller au lit, petite fille !

Cette sollicitude ranima la haine de la jeune femme à

son égard. Dans un brouillard, elle salua leurs compagnons. Mario insista pour fixer la date d'une prochaine rencontre. Francesca se haussa sur la pointe des pieds pour déposer un léger baiser sur la joue de Leonardo. Elle en profita pour murmurer quelques mots à son oreille mais Joanna n'en éprouva plus aucune jalousie. Elle regardait ce spectacle avec une froide indifférence. Durant le trajet du retour, elle s'isola dans un silence hostile, ne prenant pas la peine de répondre aux questions inquiètes de son mari. Quand la voiture s'arrêta devant la villa, elle ouvrit précipitamment la portière et courut à l'intérieur de la maison pour gagner sa chambre.

— Joanna, que se passe-t-il? entendit-elle Leonardo crier derrière elle.

Il la suivit au premier étage mais se heurta à une porte fermée à triple tours.

— Joanna, laissez-moi entrer! ordonna-t-il à travers le battant. Je veux savoir la raison de ce comportement!

La jeune femme s'était réfugiée contre la fenêtre, à l'extrémité de la chambre. Elle couvrit ses oreilles de ses mains pour ne plus entendre les adjurations de son mari. Devant ses yeux, une énorme lune jaune flottait dans un ciel d'encre. « Je ne pleurerai pas, je ne pleurerai pas », se répétait-elle, étouffant les sanglots convulsifs qui secouaient ses épaules. Mais déjà un voile de larmes obscurcissait ses prunelles.

— Joanna!

La voix de Leonardo était devenue dangereusement calme.

— Si vous ne m'ouvrez pas, j'enfonce la porte... avertit-il.

— Non! cria-t-elle. Laissez-moi en paix, je vous en supplie... Laissez-moi en paix.

Cette plainte brisée sembla avoir l'effet désiré. Des pas s'éloignèrent de la porte et le silence retomba. Mais le soulagement de la jeune femme fut de courte durée. Quelques secondes plus tard, le petit loquet de la serrure volait en éclat tandis que Leonardo enfonçait la porte d'un coup d'épaule, dans un fracas assourdissant. Il reprit son souffle avant de s'avancer à pas lents dans la chambre.

— Ceci n'aurait pas dû être nécessaire, fit-il d'une voix dénuée de colère en montrant le battant à moitié arraché de ses gonds. Maintenant, dites-moi la raison de cette bouderie inexplicable.

Joanna essuya rapidement les larmes qui maculaient ses joues avant de lui faire face, suffocant de rage.

— Ne me traitez plus comme une enfant car je n'en suis plus une! C'est vrai, j'étais naïve, innocente, jusque-là. Mais j'ai grandi, ce soir! Quant à ma « bouderie », comme vous l'appelez, n'ai-je pas le droit d'être offensée? J'ai surpris malgré moi votre conversation avec Francesca...

Elle lui tourna le dos avant de reprendre d'un ton plus posé, mais non moins amer :

— Je m'étais réconciliée avec l'idée d'avoir fait un mariage d'intérêts. Mais vous n'êtes pas encore satisfait... Ne pouviez-vous pas vous réjouir en secret au lieu de vous vanter de votre bonne fortune devant vos amis?

— Je ne vois vraiment pas à quoi vous faites allusion...

Cette mauvaise foi mit Joanna hors d'elle.

— De quoi parlez-vous, exactement? continua Leonardo. Je n'ai rien dit à Francesca qui puisse vous peiner.

Ses sourcils se froncèrent comme s'il cherchait à se remémorer tous les détails de cette conversation.

— Francesca était d'humeur mélancolique, se souvint-il. Ces dernières années n'ont pas été faciles pour elle. Elle affronte beaucoup de problèmes en ce moment...

128

— Et le plus grand de ses soucis est d'imiter votre exemple en trouvant rapidement un conjoint fortuné! l'interrompit-elle, agressive.

— Je commence à tout comprendre, reprit Leonardo après quelques instants de silence. Francesca m'a demandé pourquoi je vous ai épousée et vous avez mal interprété ma réponse. C'est bien compréhensible... Vous ignorez encore beaucoup de choses sur mon compte, Joanna. Je les ai volontairement tenues secrètes jusque-là, peut-être à tort... Mais vous êtes maintenant prête à apprendre la vérité...

— Encore des mensonges? railla-t-elle. Non merci! J'en suis saturée...

Cette brusquerie le déconcerta. Il hésita, étudiant attentivement le visage buté où des yeux incroyablement verts brillaient avec la dureté du diamant. Elle semblait le haïr... Soupirant, il s'approcha d'elle et lui prit la main.

— Asseyons-nous, Joanna, et expliquons-nous calmement, conseilla-t-il.

Une fois de plus, il la traitait comme une enfant. Pourquoi se sentait-elle effectivement comme une petite fille quand il usait de ce ton paternel?

— Non, nous n'avons rien à nous dire! cria-t-elle en lui arrachant sa main.

Elle tourna les talons et s'éloigna de lui pour aller se poster devant la fenêtre. Mais le comte ne se laissait pas facilement décourager... Il se dirigea à son tour vers la fenêtre. Elle ne le voyait pas car elle tournait le dos à la chambre, mais elle sentit sa présence, à quelques centimètres d'elle. Un lourd silence s'installa dans la grande pièce éclairée par la fluide lumière du clair de lune.

Leonardo était assez proche d'elle pour la toucher, mais il résista à cette tentation et commença d'un ton posé:

— Comment pourrons-nous jamais nous comprendre si nous ne parlons pas ? Il ne doit plus y avoir de tels silences entre nous... En quelques occasions, j'ai cru que nous commencions à communiquer véritablement. Cet après-midi, par exemple, nous avons conversé sans contraintes ; nous avons même plaisanté, ri... Joanna, vous ne nierez pas qu'aujourd'hui, à certains moments, vous avez oublié votre vœu de haine contre l'homme qui, selon vous, vous a forcée à l'épouser...

La douceur de sa voix hypnotisait peu à peu la jeune femme. Mais quelques mots brisèrent soudain le cercle magique dans lequel il l'emprisonnait.

— Sous-entendez-vous que je ne me suis pas mariée contre mon gré ? accusa-t-elle avec véhémence. Comme ma grand-mère, vous pensez que, au fond de moi-même, je me réjouissais de cette situation. Mais je suis bien sûr trop enfantine pour le reconnaître ! Je me berce d'illusions pour ne pas perdre la face !...

Un petit rire nerveux la secoua.

— Vous me connaissez mal ! continua-t-elle. Laissez-moi vous rappeler que, jusqu'à notre mariage, j'étudiais à l'université. J'évoluais dans un monde où chaque sujet était discuté de manière franche, y compris les rapports hommes-femmes... La liberté des femmes et leur droit au libre choix y sont admis par tous. Donc, croyez bien que, si j'étais amoureuse de vous, je n'hésiterais pas à le dire !

Leonardo enfonça ses mains dans ses poches comme s'il voulait s'empêcher de secouer la jeune femme pour la dépouiller de son arrogance. Néanmoins, sa voix ne trahissait aucune irritation quand il répondit :

— Votre opinion serait tout à fait acceptable si vous ne faisiez pas l'erreur de confondre les jeunes hommes, comme vos amis, avec les hommes tout court. J'ai connu beaucoup de ces étudiants anglais. Ils sont lents à mûrir, pleins de grandes prétentions à la liberté, à l'égalité, mais cependant fermement contrôlés par leur famille... Votre système d'éducation leur accorde des bourses, des aides financières de toutes sortes, ce qui en fait des assistés. Ils ont vingt ans ou plus, mais ce sont toujours des enfants protégés, surveillés. En conséquence, ils deviennent paresseux et n'osent pas affronter les réalités de la vie. Les jeunes hommes de votre groupe vous traitaient sans doute avec une camaraderie bien innocente... Pour eux, vous étiez leur égale. Une bonne « copine », comme l'on dit à cet âge. Ils n'exigeaient jamais plus que l'amitié que vous leur accordiez. Ils ont renié votre féminité, Joanna ! Ici, en Italie, une telle situation est inimaginable ! Un adolescent se trouve très tôt jeté dans les remous du monde et il en émerge mûr, sûr de lui, plein du désir de dominer, de protéger, mais, par-dessus tout, d'aimer la femme qu'il a choisie pour épouse...

Leonardo se glissa soudain tout contre Joanna et murmura à son oreille :

— Ne craignez pas le lion... Il peut vous offrir tellement plus que tous ces agneaux bêlants...

Egarée par cette voix persuasive, elle retint son souffle. L'espace d'un instant, elle fut tentée de laisser reposer sa tête contre l'épaule du comte. Mais le nom de Francesca lui revint soudain à l'esprit, rompant brutalement le charme.

— Vous avez raison de vous comparer au roi de la jungle, railla-t-elle méchamment. Vous en possédez toutes les caractéristiques : la ruse, la gourmandise, et un manque total de compassion pour les plus faibles que vous...

Leonardo se raidit sous l'insulte. Mais il appela une fois de plus sa formidable maîtrise de soi à l'aide et objecta calmement :

— Vous n'étiez pas de cet avis, cet après-midi, sur la plage... Et, à propos, que vouliez-vous m'avouer ce soir, au Club ? Vous sembliez bouleversée... Vous prépariez-vous à me confier que... que vous m'aimiez ?

Vive comme l'éclair, Joanna lui fit face, outrée.

— Votre imagination n'a d'égale que votre présomption, Signore ! s'écria-t-elle. Je dois admirer et respecter un homme avant de l'aimer !...

Sa gorge se contracta et, à sa grande consternation, elle sentit des larmes jaillir sous ses paupières. Précipitamment, elle détourna la tête pour les cacher à Leonardo. Mais il les avait déjà vues... Il saisit le menton de la jeune femme entre ses doigts et ramena délicatement son visage vers le sien. Préoccupé, il étudia longuement sa peau fine mouillée de pleurs. Une certaine tristesse se peignit sur ses traits. Joanna soutenait bravement son regard, la gorge trop serrée pour pouvoir parler. Jamais son cœur n'avait été si lourd... Sans doute allait-il lui offrir de paternelles consolations. Elle ne pourrait les supporter, dans l'état de tension où elle se trouvait... Mais, à sa grande surprise, le comte ne lui témoigna aucune sollicitude.

— Si cela peut vous égayer, lui dit-il d'un ton sec, sachez que vous m'avez fait souffrir l'enfer, aujourd'hui... Je devais sans cesse me contrôler, me rappeler que vous aviez besoin d'un peu plus de temps... Néanmoins, ma patience a des limites, Joanna ! Je suis à bout... Vous êtes jeune, vous êtes encore très innocente, mais vous êtes aussi ma femme et je n'ai pas l'intention d'attendre éternellement ! J'ai essayé pourtant... Dieu sait que j'ai essayé !

Il la lâcha et passa nerveusement sa main dans ses cheveux noirs, geste incroyable de la part du comte si bien élevé...

— Je me suis forcé à être raisonnable, à prendre votre jeunesse et votre appétit de liberté en considération, poursuivit-il, martelant les mots.

Joanna s'effraya de la soudaine rigidité de ses traits. Une terrible tension plânait autour d'eux, la faisait suffoquer. Mais soudain, toute colère disparut chez

Leonardo, aussi soudainement qu'elle était apparue. Il soupira profondément et reprit, d'une voix très lasse :

— Plus que tout au monde, je voulais que vous veniez librement à moi, que vous admettiez de votre plein gré vos sentiments... Dans mes rêves, vous deveniez peu à peu douce et aimante à mon égard, comme cet après-midi... C'est peut-être folie de ma part de ne pas vous révéler encore certaines choses. Elles anéantiraient vos doutes... Mais je ne le ferai qu'en dernier ressort. La victoire sera tellement plus douce si vous m'acceptez sans que j'aie à vous dévoiler ce petit secret... Mais ne vous y trompez pas ! Je pourrais vous forcer à être ma femme maintenant ! Qui m'en empêcherait ? Nous sommes seuls dans la villa... Les mouettes seulement entendraient vos cris de protestation...

La jeune femme frémit sous la menace et recula précipitamment d'un pas, les yeux agrandis d'horreur.

— Ne craignez rien, la rassura-t-il, sarcastique. Je ne suis pas tout à fait le fauve immonde que vous imaginez... J'attendrai encore un peu, je me forcerai à la patience et peut-être, ainsi, le chaton se mettra-t-il à ronronner au lieu de griffer...

Nerveuse, Joanna s'éloigna de lui, cherchant à mettre le plus d'espace possible entre eux. Leonardo avait soudain acquis une calme assurance. Un léger sourire se jouait sur ses lèvres, comme s'il était sûr de la victoire finale. Mal à l'aise, elle fixa obstinément le sol pour échapper à son regard.

— Joanna... murmura-t-il doucement en s'approchant d'elle.

Elle sursauta quand il posa sa main sur son épaule.

— Pourquoi devons-nous toujours être en guerre ? soupira-t-il. Je suis las de ces éternelles disputes. Notre vie deviendrait merveilleuse si vous consentiez à déposez les armes...

Son magnétisme était tel que Joanna ne se rebella pas

quand il glissa son bras autour de sa taille et l'attira contre lui. Il lui semblait se noyer dans la profondeur veloutée de ses yeux sombres où brillait la flamme du désir.

— Oh, Joanna, je t'aime tant... avoua-t-il d'une voix rauque. Je t'en supplie, accepte-moi !

Elle hésita. Leonardo, par son étreinte légère, lui laissait le choix entre s'échapper ou se rendre. Elle succomba presque à l'appel impatient de ses sens exacerbés. Le comte possédait une habileté diabolique. Il lui tendait un piège des plus attirants, préférant capturer par la douceur plutôt que d'user de force brutale...

Il fallut un immense effort de volonté à la jeune femme pour ne pas céder. Tremblante, envahie d'une subite envie de pleurer, elle le repoussa et se précipita à l'autre extrémité de la chambre.

— Désolée de ne pouvoir vous obliger, articula-t-elle avec difficulté. Je n'ai pas l'intention de jouer la doublure de Francesca !

Leonardo garda le silence pendant de longs instants.

— Vous aurais-je épousée si j'aimais Francesca ? questionna-t-il enfin.

Joanna éclata d'un rire amer qui résonna dans le calme de la grande maison vide.

— Bien sûr ! riposta-t-elle. Pourvu que vous puissiez vivre au-dessus de vos moyens en faisant un riche mariage ! Vous êtes deux avares, Signore, et l'avarice tue tout autre sentiment !

13

Le matin suivant, Joanna ne rejoignit pas son mari au petit déjeuner. Elle était lasse du carrousel d'émotions contradictoires sur lequel il l'entraînait. Avec lui, les journées se partageaient en des moments d'ivresse extrême, suivis de longues périodes de découragement.

Leonardo partit à sa recherche en milieu de matinée et la trouva assise sur la plage, triant tristement une pile de coquillages. Pour une fois, il ne fit aucun commentaire sur cette occupation puérile et se borna à annoncer :

— Nous avons promis à votre grand-mère de lui rendre visite. Pourquoi ne le ferions-nous pas aujourd'hui ?

Joanna sauta sur ses pieds avec une impatience qui n'avait rien de flatteur pour son mari...

— C'est une excellente idée, admit-elle. Je vais me changer.

Le comte suivit d'un regard songeur la mince silhouette qui courait vers la villa...

La jeune femme avait passé une nuit blanche. Tout en se tournant et en se retournant dans son lit, elle s'était demandé comment elle pourrait affronter les semaines à venir. Comme un marionnettiste démoniaque, son mari agitait les fils de ses émotions dans un sens, puis dans l'autre. Désorientée, elle ne réussissait plus à analyser ses sentiments. Une remarque de Leonardo l'avait tout particulièrement intriguée. Il avait mentionné l'existence d'un secret qui parviendrait à les réconcilier. Après avoir essayé sans succès de le deviner, Joanna avait mis ce petit mystère sur le compte de l'esprit tortueux de son énigmatique époux. Il cherchait sans doute à l'égarer une fois de plus en attisant sa curiosité...

Elle se prépara avec soin, sachant que sa grand-mère l'aurait blâmée pour une tenue négligée, ou pire encore, un vulgaire jean. Elle choisit donc une robe très classique, agrémentée d'un col Claudine et de manchettes assorties. Ses cheveux furent brossés jusqu'à ce qu'ils brillent d'un éclat rougeoyant avant d'être tirés sagement en arrière.

Leonardo ne fit aucun commentaire sur la toilette de la jeune femme quand il l'aida à prendre pied sur le canot-moteur, mais un sourire amusé flottait sur ses lèvres. Avec son infernale perspicacité, avait-il déjà deviné que Joanna ne voulait pas être réprimandée sur une question vestimentaire devant son mari ? Elle avait si peu d'alliés dans sa famille qu'elle se refusait à perdre son dernier appui, la bienveillante Signora Domini.

Murano était une grande île située non loin de Venise, mais elle ressemblait bien peu à son élégante voisine. De vieux immeubles de brique rouge accueillaient les visiteurs dès leur arrivée au port. De toutes parts, les hautes cheminées des fonderies de verre envoyaient vers le ciel de gros nuages de fumée.

— Quel dommage que cette île se soit à ce point enlaidie, remarqua soudain Leonardo à haute voix. Autrefois, les aristocrates vénitiens se faisaient tous construire une propriété à Murano. Ils traçaient de magnifiques jardins devant leurs palais et on trouvait, paraît-il, un excellent petit vin dans les vignobles. Mais les hauts-fourneaux des souffleries de verre ont détruit tout cela... Savez-vous qu'au Moyen Age, l'industrie du cristal était basée à Venise ? Mais toutes les maisons étaient construites en bois, à cette époque-là, et les incendies ravageaient la ville chaque année. Voilà pourquoi Murano produit maintenant les plus beaux cristaux d'Europe...

— Est-il vrai que ces verres se brisent si l'on y met du poison ? demanda timidement Joanna.

Leonardo sourit à cette question, la jeune femme fut une fois de plus troublée par le charme irrésistible qui émanait de lui.

— C'est une théorie très romantique, admit-il, mais rien n'en a jamais prouvé la véracité... Cependant, sachant combien vous aimez les illusions, je suis sûr que vous continuerez à y croire...

— Peut-on vraiment me blâmer de préférer les illusions à la réalité ? Elles sont tellement plus douces... rétorqua-t-elle avec amertume.

Le trajet se poursuivit dans un lourd silence. Enfin, il arrêta la vedette en face de la petite maison de la Signora Domini. Mais personne ne répondit à leur coup de sonnette.

— La Signora Domini est partie faire quelques courses, les renseigna une obligeante voisine. Elle devrait revenir dans une heure environ.

— Pourquoi ne visiterions-nous pas une soufflerie de verre, pendant ce temps ? proposa Joanna en se tournant vers son mari.

Elle doutait qu'une telle visite l'intéresse beaucoup, mais, à sa grande surprise, il accepta avec enthousiasme.

— C'est une excellente idée, la félicita-t-il. Il y a fort longtemps que je n'ai vu une verrerie. J'en profiterai pour rafraîchir mes connaissances sur l'art du verre.

Joanna n'avait jamais trouvé les ouvriers de la fonderie Renucci — où son grand-père avait travaillé toute sa vie — très sympathiques. Mais elle avait mis leur froideur sur le compte de la pauvreté et de la méfiance que celle-ci engendrait. Mais Leonardo, à son grand étonnement, fut accueilli à bras ouverts. Tous les souffleurs présents voulurent lui serrer la main et le directeur en personne se dérangea pour venir les saluer. Il insista pour les guider personnellement à travers les différents départements.

La jeune femme se renfrogna. Pendant plus de vingt-cinq ans, son grand-père avait occupé le poste de maître-souffleur dans cette fabrique, contribuant par son habileté à sa grande réputation. Cependant, au cours de ses précédentes visites, personne n'avait adressé à Joanna plus qu'un bref salut. La présence du comte à ses côtés suffisait à lui conférer une grande importance, bien injustifiée selon elle.

Devinant sa mauvaise humeur, Leonardo expliqua :

— La famille Tempera a toujours été cliente des Signori Renucci. La plupart des verres et services du palais ont été fabriqués ici-même. Ce sont de véritables œuvres d'art et leur valeur a grandement augmenté avec le temps.

Il se retourna vers le propriétaire et annonça :

— Je désirerais offrir un présent à mon épouse, Signore Renucci. Il doit s'agir d'une pièce parfaite, digne de celles que nous possédons déjà au palais. Mais d'abord, avec votre permission, nous visiterons la fabrique. Je ferai ensuite mon choix dans votre salon d'exposition.

— Je vous servirai moi-même, Monsieur le comte. Ce sera un grand honneur... répondit le Signore Renucci en s'inclinant avec respect devant Leonardo. Mais je n'ose plus vraiment vous présenter mes œuvres. La beauté de votre épouse les éclipsera toutes...

Joanna rougit violemment à ce compliment gracieusement tourné. Elle accepta le bras de Leonardo autour de ses épaules tandis qu'il la guidait à travers les différentes étapes de la production. Ils s'arrêtèrent longuement devant l'établi d'un maître-souffleur, impressionnés par sa dextérité. L'artiste fit soudain un signe à ses apprentis et commença à souffler, tel un magicien, dans sa longue pipe. Une petite forme se matérialisa peu à peu dans le creuset. Et, quelques minutes plus tard, un petit objet fut déposé aux pieds de Joanna à l'aide de longues pinces. Surprise, elle se baissa pour l'examiner. Il s'agissait d'une adorable petite cloche transparente.

— En souvenir de votre mariage, comtessa... Nos meilleurs vœux pour vous et votre mari... la congratula le maître-souffleur, souriant.

Profondément touchée, Joanna balbutia quelques remerciements avant de suivre Leonardo et le propriétaire vers les salons d'exposition.

Son mari hésita longuement avant de choisir un exquis gobelet du plus fin cristal. Il montra à Joanna la scène qui y était gravée : un lion poursuivant un petit animal terrorisé...

— Regardez comme l'artiste a bien reproduit l'expression de la petite bête, remarqua-t-il. On y lit de la peur, mais aussi une résignation à la souffrance...

Ignorant les yeux curieux du propriétaire, le comte prit le menton de la jeune femme entre ses doigts et murmura :

— Se laisser aller à la peur augmente les souffrances, petite Joanna... La première grossit la dernière hors de proportions...

La Signora Domini les attendait sur le perron quand ils arrivèrent chez elle. Elle fronça les sourcils en remarquant la pâleur de sa petite-fille mais ne fit aucun commentaire avant de leur avoir servi une tasse de café. Enfin, se tournant vers Leonardo, elle remarqua :

— J'espérais voir ma petite Joanna resplendissante... Mais elle est aussi silencieuse et réservée qu'une petite religieuse !

Joanna se mordit les lèvres. Rien n'échappait à l'œil

perçant de sa grand-mère. Et sa langue devenait de plus en plus acérée avec les années... Le comte ne perdit pas contenance devant cette attaque directe.

— Que voulez-vous, Joanna est une créature imprévisible... soupira-t-il. Aujourd'hui, elle a choisi de jouer à la pénitente. Pourquoi ? Je n'en sais rien, mais je ne me plains pas. Tous les hommes n'ont pas le privilège de découvrir chaque jour une nouvelle femme à leurs côtés. Je trouve cette expérience très intéressante d'ailleurs...

La Signora Domini sembla satisfaite de cette explication.

— Joanna est une forte tête, commenta-t-elle. Elle a besoin d'être disciplinée... Mais je vois qu'elle se trouve entre de bonnes mains. A présent, je dois vous annoncer une bonne nouvelle. Sara et Vincenzo se marieront la semaine prochaine ! Mon fils était d'abord un peu réticent, mais il a cédé à leurs supplications. N'est-ce pas merveilleux de célébrer deux mariages en l'espace de quelques semaines ? Je suppose, Joanna, que ton père doit se trouver fort soulagé d'abandonner la responsabilité de deux filles telles que vous... Quant à vous, comte, vous êtes sans doute ravi pour votre cousin. Deux sœurs mariées à deux cousins est un arrangement fort pratique et très bénéfique.

Bénéfique ! Les bénéfices se trouvaient d'un côté seulement ! fulmina Joanna en son for intérieur. Leonardo et Vincenzo s'étaient mis en vente et Enrico Domini les avait considérés comme un bon investissement ! Ces pensées assombrirent tellement la jeune femme que, à la fin de leur visite, sa grand-mère la prit à part.

— Joanna, la réprimanda-t-elle, ton attitude est inqualifiable ! Je commence à penser que tu n'es qu'une enfant gâtée. Ne peux-tu montrer un peu plus de respect et de gratitude envers ton charmant mari ?

Ces paroles bien intentionnées ne firent qu'augmenter la rage de Joanna. Pourquoi éprouverait-elle de la gratitude envers Leonardo ? Les rôles s'inversaient de façon ridicule...

Quand ils montèrent dans la vedette pour reprendre le chemin du retour, elle se sentit aussi malheureuse qu'une prisonnière déportée en exil. Elle s'enferma dans un silence obstiné, réfléchissant aux révélations que leur avait faites sa grand-mère. En réalité, elle était libre à présent... La date du mariage de Sara était si proche, son père n'oserait plus annuler les préparatifs. Donc, elle pouvait désormais s'enfuir ! Mais comment ?

Quand Leonardo lui offrit son bras pour l'aider à gravir l'abrupt sentier qui menait à la villa, elle le refusa avec une telle expression de dégoût que le comte se révolta.

— En voici assez, Joanna ! fit-il d'un ton glacial. Je commence à croire que je me suis trompé en vous traitant avec compréhension et patience. En fait, vous ne méritez qu'une bonne fessée !

Il la tira contre lui avec une brusquerie inhabituelle et étudia sévèrement son visage buté.

— Eh bien, que préférez-vous ? Des gifles ou des baisers ? Cette situation devient intolérable et il nous faudra la clarifier avant que notre séjour à la villa touche à sa fin... Je ne tiens pas à me voir adresser des remarques désobligeantes sur votre air renfrogné, sur votre constante mauvaise humeur. Votre grand-mère, par exemple, l'a immédiatement remarquée. Et les autres ne manqueront pas de le faire...

Il s'inclina jusqu'à effleurer des siennes les lèvres serrées de la jeune femme.

— La Signora Domini n'avait pas tort, murmura-t-il. Vous ressemblez en effet à une petite religieuse chaste... Mais je me ferais un plaisir de remédier à cet état de choses ! Je vous promets qu'à notre retour à Venise, tout sera rentré dans l'ordre. Personne ne se posera plus aucune question...

— N'y comptez pas ! cria-t-elle en proie à une folle panique.

Elle le repoussa et se mit à courir vers la villa. Une fois parvenue dans sa chambre, elle barricada la porte à l'aide de deux fauteuils, le loquet ne fonctionnant plus, et attendit, le cœur battant. Mais le comte ne tenta pas de la rejoindre et, au bout d'une demi-heure d'attente angoissée, Joanna se détendit enfin.

— Eh bien, Joanna, soupira-t-elle, s'adressant à elle-même. C'est maintenant ou jamais ! Leonardo ne plaisantait pas. Il te faut donc t'éclipser ce soir au plus tard…

Elle réfléchit aux différentes possibilités de fuite tout en arpentant la chambre. La voiture ne conviendrait pas. Le comte entendrait immédiatement le bruit du moteur. Marcher jusqu'au Lido et prendre le bateau de Venise était également hors de question. L'alerte serait donnée bien avant qu'elle ne parvienne à la ville. Elle songea un instant à demander l'aide de Dina, la domestique, mais abandonna bientôt cette idée. La vieille dame refuserait certainement et prendrait le parti de son employeur… La jeune femme fut alors saisie d'une inspiration subite. Elle se rappela la hâte avec laquelle Leonardo était descendu de la vedette. Aurait-il oublié, dans sa colère, d'ôter les clefs du tableau de bord ? C'était fort probable… Joanna ne pouvait le vérifier mais elle s'accrocha à cet espoir. Elle agirait très prudemment. Son attitude au cours du dîner ne devait inspirer aucun soupçon à Leonardo. Vers la fin du repas, elle trouverait un prétexte pour quitter la salle à manger et fuirait, protégée par l'obscurité complice de la nuit. Quand son mari commencerait à s'interroger sur son absence, elle serait déjà de l'autre côté de la lagune…

Elle se prépara avec grand soin. Sa toilette devait être assez élégante pour désarmer son soupçonneux mari, mais cependant adaptée à une course nocturne.

Elle choisit finalement une longue jupe de velours foncé brun et un corsage à manches longues de la même couleur, agrémenté de sequins dorés. Une écharpe légère négligemment jetée autour de ses épaules la protégerait, le moment venu, de la fraîcheur de la brise.

Une fois ses préparatifs achevés, elle se mit à patienter, aussi nerveuse qu'une actrice avant son entrée en scène, mais néanmoins fort satisfaite du petit tour qu'elle se préparait à jouer au comte.

Celui-ci émit un petit sifflement de surprise quand il vint la chercher. Joanna se força à lui sourire gaiement.

— Je m'attendais à trouver une de ces bouderies, dont vous êtes coutumière, admit-il. Ou encore un clown peinturluré, comme l'autre fois... Mais vous êtes tout à fait ravissante ! Vous aurais-je méjugée, une fois de plus ? Vous êtes-vous soudain résignée à un fait inéluctable ? Vous m'en voyez très heureux...

La fausseté exigée par son rôle répugnait fortement à Joanna, mais elle s'y résolut. Réprimant une folle envie de griffer le visage du comte à coups d'ongles, elle murmura d'un ton complice :

— Refuser l'inévitable est une perte de temps. Au lieu de pester contre la pluie, je préfère enfiler un imperméable...

Les yeux de Leonardo devinrent soudain très attentifs. Il arrêta d'une main la jeune femme qui se préparait à se rendre au rez-de-chaussée. Un sourire hésitant flottait sur ses lèvres.

— Est-ce votre manière de vous rendre, Joanna ? chuchota-t-il.

— Peut-être... répondit-elle, énigmatique.

L'espace d'un éclair, elle souhaita que ce fut réellement la vérité...

— Laissez-moi encore un peu de temps, Leonardo, balbutia-t-elle, soudain désorientée.

Un petit rire de confusion la secoua, convainquant totalement le comte de sa sincérité.

— Vous allez me trouver sotte, mais... Je suis un peu intimidée, avoua-t-elle, les yeux baissés.

Jamais encore elle n'avait éprouvé de si grande honte quand Leonardo lui prit tendrement le bras pour l'escorter jusqu'à la salle à manger...

14

Joanna était stupéfaite de la crédulité de son mari. Il tombait dans son piège avec une facilité déconcertante, conversant gaiement tandis que les plats, servis par Dina, défilaient devant eux. A un moment donné, leurs mains s'effleurèrent au-dessus de la corbeille à pain et ce simple contact provoqua chez la jeune femme une peur mêlée d'un étrange plaisir. Elle sentit que le comte l'observait avec attention mais ne releva pas les yeux, ne voulant pas se trahir elle-même. Son talent de comédienne devait cependant être considérable. Leonardo avait abandonné sa réserve soupçonneuse et ressemblait maintenant à un félin satisfait de sa capture, repu. Elle reposa nerveusement sa fourchette auprès de son assiette. Caresser un lion requérait déjà un courage fou... Mais chercher à lui échapper quand il vous tenait dans ses griffes frôlait l'impossible. Trouverait-elle en elle la témérité pour le faire ?

Quand ils eurent fini de dîner, Dina débarrassa la table et servit le café. Quelques instants plus tard, elle s'inclina devant le comte et demanda :

— Désirez-vous autre chose, Signore ?

— Non merci, Dina, répondit-il. Vous pouvez disposer à présent. Bonne nuit. Nous vous verrons demain...

La vieille domestique les salua, réprimant un sourire

satisfait. L'impatience du comte à rester seul avec sa jeune femme était de bon augure !

Le départ de Dina signalait la fin du prologue. Il fallait maintenant entamer le premier acte...

— Finissons notre café au salon, proposa Leonardo. Nous nous y trouverons mieux.

Joanna se leva puis s'immobilisa soudain, comme prise d'un doute.

— Excusez-moi, expliqua-t-elle, répondant au regard interrogateur du comte posé sur elle, mais je viens de me rappeler une chose. Juste avant de descendre, j'ai constaté que l'écoulement de mon lavabo ne se faisait pas très bien et... je me demande si j'ai bien fermé le robinet avant de sortir. J'ai parfois eu quelques problèmes à le fermer complètement et... Il vaut mieux vérifier...

— Ne vous dérangez pas, je vais y aller, offrit-il aussitôt.

— Non, c'est inutile, refusa précipitamment Joanna en se dirigeant vers la porte. Je ne serai pas longue...

Elle referma doucement le battant derrière elle, hésita un bref instant, puis courut à toutes jambes vers la sortie, traversa en trombe le jardin, et dévala le raide sentier qui menait à la plage, remerciant le ciel d'avoir mis des chaussures à talons plats au lieu des escarpins habituels. Sa silhouette brune filait dans l'obscurité complice de la nuit. Enfin, elle arriva à l'appontement et se glissa dans la vedette, à bout de souffle. Frénétiquement, elle inspecta le tableau de bord pour y trouver la clef magique, le sésame de sa liberté. Mais, après une longue minute de recherches désespérées, elle dut se rendre au fait. La clef ne s'y trouvait pas. Secouée de sanglots nerveux, elle s'écroula sur le profond siège de cuir.

— L'hypocrisie est un défaut typiquement féminin, accusa soudain une voix froide dans l'obscurité. Et la femme la plus hypocrite s'appelle Joanna Tempera... Je vous félicite ! Votre petite comédie était vraiment très convaincante...

La surprise brisa la chape de désespoir qui s'était abattue sur la jeune femme. Une rage folle la secoua, et elle sauta sur l'appontement, tremblante de fureur.

— Comment osez-vous me traiter d'hypocrite ? cria-t-elle, les poings sur les hanches. Vous qui n'avez pas hésité à poursuivre votre aventure avec Francesca, malgré notre mariage ! Vous qui prétendez désirer des enfants, une femme aimante, alors que tout Venise est au courant de vos véritables ambitions : de l'argent, encore de l'argent, toujours de l'argent !

Les yeux brun doré de Leonardo brillèrent dans l'obscurité, comme ceux d'un fauve en colère. Devinant en lui un authentique désir de violence, Joanna commença à reculer loin de lui. Mais à peine avait-elle fait trois pas que le fauve bondit... Des doigts féroces griffèrent ses épaules avant de la secouer avec tant de force que ses oreilles bourdonnèrent.

— Cette fois, vous êtes allée trop loin ! gronda-t-il, martelant les mots. Si la mégère ne peut être apprivoisée par la douceur, elle le sera par la force !

La terreur folle que lui inspirait cet homme inconnu, dangereux, vint à la rescousse de Joanna. Elle se débattit d'abord de toutes ses forces puis, voyant que ses efforts restaient sans résultats, elle leva les mains et enfonça ses longs ongles dans le visage du comte, griffant ses deux joues. Jurant violemment, il la lâcha instinctivement pour porter ses doigts à la blessure qu'elle lui avait infligée. La jeune femme profita de cet instant pour le repousser et s'enfuir.

Les épines agrippaient sa longue jupe, ralentissant sa course, tandis qu'elle se frayait un passage à travers la dense végétation. Enfin, après avoir escaladé quelques rochers, elle se retrouva sur une étendue de sable plane. Elle s'arrêta un bref instant pour reprendre son souffle, rassembla des deux mains son encombrante jupe, puis se remit à courir, droit devant elle. Elle fuyait aveuglément, sans savoir où ses pas la portaient, voulant simplement échapper à l'homme qui la poursuivait. Il gagnait déjà du terrain...

Un petit cri de désespoir lui échappa quand elle trébucha sur une racine et tomba, perdant de précieuses secondes d'avance. Vivement, elle se releva et, haletante, poursuivit sa course éperdue. La peur exacerbait son imagination et il lui semblait déjà sentir le souffle de Leonardo sur son cou... Elle hurla quand un choc subit derrière ses genoux la précipita sur le sol. Des mains brutales la saisirent aux épaules et la firent rouler sur le sable. Trop choquée pour parler, elle dut se contenter de fixer d'un air outré le visage dur de son mari.

— Brute ! cria-t-elle enfin, la bouche pleine de sable. Depuis quand vous permettez-vous d'utiliser des passes de rugby sur les femmes ?

— Depuis quand vous permettez-vous de me mentir ? riposta-t-il, s'appuyant de tout son poids sur ses jambes et clouant ses poignets au sol. A présent, vous allez vous taire et m'écouter parler ! Sinon...

La jeune femme frissonna sous la menace, mais elle se trouvait dans une position fort désavantageuse et ne pouvait lui offrir de résistance.

— Parlez toute la nuit, si vous le désirez ! rétorqua-t-elle avec amertume. Je ne croirai pas une seule de vos paroles !

Maîtrisant son irritation, le comte ignora cette provocation et commença ses explications.

— Avant tout, dit-il, je voudrais clarifier un certain point, pour qu'il n'en soit plus jamais question. Francesca et moi sommes des amis d'enfance. Je sais qu'elle me traite d'une façon très possessive, mais il n'y a jamais eu de liens sentimentaux entre nous, je vous le jure.

Joanna cessa soudain de prétendre l'indifférence et se mit à l'écouter avec attention.

— Sachant quelle comédienne elle peut être parfois, j'aurais dû vous prévenir de son indéniable penchant pour le drame, pour les situations un peu troubles... Quoi qu'il en soit, je vous assure que, au cours des dernières semaines, je n'ai jamais pensé à elle ! A partir du moment où elle acceptera notre mariage comme un fait établi, vous découvrirez en elle une charmante jeune femme, très fidèle en amitié, et très sentimentale également ! Les mots que vous avez surpris de sa part, au Casino, n'étaient pas prononcés dans un esprit vénal, comme vous l'avez cru. Elle aussi est dans l'ignorance de nos... de nos problèmes. Elle croit que nous sommes très épris l'un de l'autre et désire rencontrer la même chance. A présent, je vais traiter du sujet qui vous irrite tant. C'est-à-dire de ma situation financière. J'aurais préféré le faire dans des circonstances plus favorables... Vous êtes si mal disposée à mon égard que l'évidence vous échappe. Je me vois donc dans l'obligation de vous révéler maintenant que, loin d'être ruiné, ma fortune égale, lire pour lire, celle de votre père...

Les yeux de Joanna s'arrondirent un instant de surprise. Puis, se reprenant, elle s'exclama :

— Me croyez-vous naïve au point d'accepter ces mensonges ?

Les traits du comte se durcirent. Visiblement, il n'était pas accoutumé à se faire traiter de menteur.

— Je peux vous fournir toutes les preuves nécessaires, se borna-t-il à répondre.

— Mais mon père m'aurait mise au courant si... objecta-t-elle, méfiante.

— J'ai expressément demandé à votre père de ne pas mentionner ce sujet, l'interrompit-il. Pour des raisons que vous connaissez déjà, je voulais vous laisser dans l'ignorance. Mais, à présent, vous pourrez l'interroger librement à ce propos. Il vous révélera que, loin d'être le paresseux pour lequel vous me prenez, je travaille ! Je suis expert en restauration d'œuvres d'art ; de par ce métier, je me suis acquis, en quelques années, non seulement une enviable réputation, mais encore cette chose que vous méprisez tant : l'argent, beaucoup d'argent... En fait, je n'ai pas cherché à m'enrichir. Mon seul désir était de participer au sauvetage de ma ville.

Joanna aurait désiré mettre ses mains sur ses oreilles pour échapper à la sincérité convaincante de sa voix. Elle refusait obstinément de le croire. Elle ne pouvait pas s'être trompée si grossièrement sur son compte ! Affrontant son regard perçant, elle se détendit et sourit avec ironie.

— Bien, fit-elle, avez-vous d'autres fables à me conter ? Sinon, j'aimerais pouvoir me lever et retourner à la villa...

Pendant de longues minutes, Leonardo garda le silence. La lune se glissa hors des nuages, éclairant de sa pâle lueur argentée la jeune femme clouée au sable. Elle ressemblait, dans cette position, à une vestale attendant d'être sacrifiée sur l'autel. La flamme qui s'alluma dans les yeux de Leonardo à ce spectacle confirma les pires craintes de Joanna. Lentement, il inclina vers elle sa tête brune et effleura de ses lèvres les coins de sa bouche serrée dans un pli de défi.

— Non, murmura-t-il, je n'en ai pas encore fini avec vous... Vous rappelez-vous ma promesse ? Avant d'avoir quitté la villa, je vous aurai apprivoisée...

Quand il l'embrassa, Joanna ne put vaincre l'insidieuse langueur qui se glissa dans ses veines. Toutes ses forces semblaient s'être soudainement dissoutes dans la brûlante chaleur qui l'envahissait peu à peu. Les mains de Leonardo s'enhardirent, explorant lentement sa chair sans défense, traçant la courbe de ses épaules, les souples formes de sa taille. Elle ne bougeait pas,

150

paralysée par les enivrantes sensations qu'il éveillait en elle, à son corps défendant.

Le comte se mit à rire doucement. Ce rire trahissait la satisfaction de la victoire, le plaisir qu'il prenait à dominer sa conquête. Il ramena brutalement Joanna à la réalité. Son orgueil bafoué se réveilla. En un éclair, elle comprit le danger de la situation et dressa un plan de fuite.

— Leonardo ! soupira-t-elle en se blottissant contre lui. Quelle idiote j'ai été...

Agréablement surpris par cette toute nouvelle tendresse, le comte se détendit et enlaça la jeune femme d'un bras protecteur. Tout en murmurant de douces promesses à son oreille, celle-ci étendit furtivement sa main derrière son dos, cherchant dans le sable un objet qui puisse lui servir d'arme. Enfin, ses doigts se crispèrent sur une large pierre plate. Sans réfléchir, elle la saisit et en frappa violemment le cou de Leonardo. Le choc résonna de façon sinistre dans le silence. Prise de panique, Joanna repoussa le corps soudain inerte qui pesait sur elle et se leva pour courir éperdument en direction de la villa.

Des sanglots convulsifs la secouaient tandis qu'elle fuyait. Elle s'interdisait de penser à l'homme inconscient qui gisait sur le sable, derrière elle. Il lui fallait parvenir à la voiture avant qu'il ne revienne à lui. C'était sa dernière chance et elle ne voulait pas la laisser s'échapper...

Les joues ruisselantes de larmes, elle parvint enfin à la villa et gagna au pas de course la chambre de Leonardo, espérant y trouver les clefs de l'automobile. Ses mains tremblaient tellement qu'elle dut s'y reprendre à deux fois pour tourner la poignée de la porte. La chambre du comte était d'une sobriété presque monacale. Même déserte, on y sentait la présence de son occupant de façon presque palpable. Une légère effluve d'eau de toilette au vétiver émanait d'un flacon non rebouché. Un peignoir de bain négligemment jeté sur le lit rappela à Joanna le corps étendu, toujours sans connaissance, quelque part sur la plage. Elle commença à explorer fébrilement le contenu des tiroirs de sa commode. Ses doigts rendus maladroits par la nervosité firent rouler sur le sol un bouton de manchette doré. Le lion de son monogramme semblait la fixer avec réprobation. Elle abandonna la commode et se précipita vers la garde-robe, cherchant la veste que Leonardo avait portée pour leur sortie au Casino. Fouiller ainsi parmi des objets qui ne lui appartenaient pas la révoltait mais elle s'y força. Les minutes s'écoulaient rapidement et elle courait le risque, à chaque instant, de voir Leonardo apparaître sur le seuil de la chambre, prêt à se venger...

Quand, finalement, ses doigts trouvèrent un trousseau de clefs, le soulagement de la jeune femme fut tel qu'elle s'appuya un moment contre la porte de la garde-robe, privée de forces. Mais elle se reprit bientôt et sortit de la chambre en trombe pour descendre jusqu'au garage. Le clair de lune lui permit d'en ouvrir les portes coulissantes sans trop de difficulté.

Quelques secondes plus tard, la puissante voiture de sport s'engageait dans l'allée. Secouée de frissons nerveux, à demi couchée sur le volant, Joanna soupira de soulagement. Elle avait enfin réussi à se jouer du comte ! La liberté s'ouvrait devant elle !

Soudain, contre sa propre volonté, son pied écrasa la pédale de frein. Pourquoi Leonardo ne s'était-il pas lancé à sa poursuite ? Il n'était pourtant pas homme à s'avouer facilement vaincu... Quelles raisons pouvaient expliquer sa si longue absence ?

L'automobile était déjà à moitié engagée sur la route menant au Lido, prête à couvrir les quelque vingt kilomètres qui l'en séparaient. Mais Joanna coupa brusquement le contact et tira le frein à main. Elle fixait sans le voir le lisse ruban d'asphalte. Une horrible pensée venait de lui traverser l'esprit. Avait-elle tué Leonardo en l'assommant ? Gisait-il sans vie, victime du coup qu'elle lui avait elle-même porté ?

— Oh, non ! gémit-elle, couvrant son visage défait de ses mains. Non, mon Dieu, s'il vous plaît...

Plus tard, elle ne se rappela plus comment elle était parvenue à la plage. Mais le souvenir du corps prostré et immobile de Leonardo s'imprima de façon indélébile dans sa mémoire.

Récitant mécaniquement des prières, elle s'effondra à ses côtés.

— Leonardo ! sanglota-t-elle. Réponds-moi, je t'en supplie ! Ne meurs pas... Je ne pourrais le supporter !

Pendant plus de cinq minutes, en proie à un véritable délire d'angoisse, elle monologua d'une voix brisée, tout en brossant le sable amassé dans les cheveux et sur le visage du comte. Elle caressait inlassablement ses joues froides, répétant :

— Ne meurs pas, Leonardo, mon chéri ; je t'aime tant !

Fouillant sa mémoire pour se remémorer quelques gestes de secourisme, elle glissa enfin sa main à l'intérieur de sa veste, cherchant les battements de son cœur. A son immense soulagement, ceux-ci étaient parfaitement normaux. Reprenant peu à peu espoir, elle décida de le ranimer et se mit en position pour lui administrer le bouche-à-bouche que lui avaient enseigné ses leçons de secourisme.

Dès qu'elle effleura ses lèvres, Leonardo revint brusquement à la vie. L'emprisonnant d'une étreinte étroite, il la fit rouler sur le sable à ses côtés, meurtrissant ses lèvres de baisers passionnés, s'interrompant pour chuchoter à son oreille de tendres reproches.

Le souffle coupé par la surprise, Joanna comprit néanmoins que le comte s'était joué d'elle... Mais le bonheur de le savoir vivant détruisit toute autre pensée au cours de ces premières minutes. L'enfer qu'elle avait traversé en le croyant mort, l'horrible perspective d'une vie sans lui, l'avaient torturée au point de lui faire envisager le suicide. Cette épreuve l'avait convaincue d'un fait : peu importait sa carrière, sa liberté chérie, seuls comptaient les bras de Leonardo autour d'elle, ses lèvres sur les siennes, les merveilleux mots d'amour qu'il lui murmurait...

— Mon trésor ! souffla-t-il en enfouissant son visage dans ses cheveux. J'avais presque abandonné tout espoir... Répète-moi ce que tu as dit quand tu me croyais inconscient. Regarde-moi bien dans les yeux et répète-le...

Joanna noua ses bras autour de son cou et avoua, d'une voix tremblante mais pleine de ferveur :

— Leonardo, mon chéri, je t'aime tant que je ne pourrais supporter de vivre sans toi...

Jamais un traité de paix ne fut signé de plus merveilleuse manière. Attirant la jeune femme contre lui aussi délicatement que si elle avait été une porcelaine précieuse, il chercha ses lèvres, la récompensant d'un baiser si tendre qu'elle se sentit définitivement marquée du sceau des Tempera.

Ses yeux verts brillaient comme deux étoiles quand il s'écarta d'elle et se leva.

— Viens, retournons à la villa, suggéra-t-il en lui offrant sa main.

— Mais pourquoi ? demanda-t-elle en s'étirant langoureusement. Tout est si beau ici...

Elle leva les yeux vers la voûte céleste constellée d'étoiles. La lune éclairait leur bonheur d'une douce lumière. A quelques pas, les vagues caressaient le sable avec un tendre murmure.

— Parce que, expliqua Leonardo en lui prenant d'autorité la main et en la tirant sur ses pieds, la brise se rafraîchit.

Il l'attira tout contre lui et conclut gaiement :

— Je ne veux pas que, par le futur, tu me reproches

de t'avoir obligée à passer notre nuit de noces dans des lieux si inconfortables !

Il sentit le léger frisson qui la parcourait et questionna à voix basse :

— As-tu peur de moi, Joanna ?

A son grand soulagement, elle se blottit contre lui et lui assura, avec un petit soupir de contentement :

— Non, Leonardo, je n'aurai jamais plus peur de toi.

Ils savourèrent chaque pas de leur marche vers la villa. A tout instant, ils s'arrêtaient pour s'embrasser et converser à mi-voix, dispersant les derniers doutes.

Les yeux fixés sur les lumières de Venise, de l'autre côté de la lagune, Joanna remarqua :

— Si je n'étais pas retournée à la plage, je serais à présent à Venise. Tu t'es moqué de moi en prétendant être dans le coma, continua-t-elle en se tournant vers son mari. Sais-tu combien j'ai souffert ? Je te croyais mort...

— Bien fait ! la taquina-t-il en passant son bras autour de sa taille. Tu méritais de partager les tourments que j'ai endurés par ta faute, ces dernières semaines.

Il ponctua ces paroles d'un léger baiser sur le front de la jeune femme avant de reprendre, d'un ton plus sérieux :

— Le coup que tu m'as donné m'a étourdi pendant quelques secondes seulement. Ensuite, ma première impulsion a été de me lancer à ta poursuite et de t'administrer une bonne correction !

— Pardon ? s'exclama-t-elle, piquée au vif.

— Oui, une bonne correction, répéta-t-il en souriant. Cependant, après réflexion, j'ai décidé d'attendre la suite des événements. Si tu avais été capable de m'abandonner sur la plage, blessé, j'en aurais conclu que jamais tu ne m'aimerais et que je devais renoncer à mon rêve... Je t'aime depuis notre première rencontre, Joanna ; pourtant, j'aurais malgré tout décidé que tu n'étais pas une femme pour moi... Mais, Dieu merci, tu es revenue ! Tandis que j'attendais sur le sable, j'ai entendu le moteur de la voiture et je t'assure que, pendant quelques instants, j'ai connu l'enfer ! Mais soudain, tu étais à mes côtés, tu pleurais, et l'enfer s'est brusquement transformé en paradis...

— Tu m'aimais depuis notre première rencontre ? interrogea-t-elle, incrédule.

— Oui. Pourquoi en doutes-tu ? la réprimanda-t-il gentiment.

— Mais j'étais horrible ! s'exclama-t-elle. Tu m'as vue déguisée et maquillée comme un clown !

— Quelle importance ? répliqua-t-il. Je dois reconnaître que ma première réaction a été de rire à cette bizarre apparition, mais j'ai bientôt deviné que, derrière cette grotesque façade, se dissimulait une petite âme triste...

— Oh, Leonardo, gémit Joanna en enfouissant son visage dans le creux de son épaule, comme tu me connais bien...

— Tu fais partie de moi-même, ma chérie, répondit-il avec simplicité. Je devine la moindre de tes pensées, le moindre de tes désirs, comme s'il s'agissait des miens... Je regrette surtout que nous ayons perdu tant de temps...

Quand la villa se profila devant eux, Leonardo souleva Joanna de terre et la porta dans ses bras jusqu'au perron. Là, d'un coup de pied impatient, il ouvrit la porte.

— Comme tout mari respectueux des traditions, je te porte pour te faire franchir le seuil de notre nid, fit-il remarquer à sa jeune femme avec une tendre ironie. Y trouvez-vous à redire, comtessa ?

Ils disparurent à l'intérieur. Pendant quelques instants, on entendit de grands éclats de rire puis les lumières s'éteignirent une à une et seul le discret clair de lune fut autorisé à partager les secrets de la grande villa silencieuse.

Les Prénoms Harlequin

JOANNA

fête : 30 mai   couleur : jaune

Un jugement clair et logique allié à une nature passionnée et impulsive : voilà la principale contradiction de l'être complexe et fascinant qui porte ce prénom. Capable de faire preuve d'une patience exemplaire — à l'instar du termite, son animal totem, qui construit sa tour — elle peut agir également sur un coup de tête qu'elle regrette ensuite. Mais au moins, avec elle on ne s'ennuie pas !

C'est par défi que Joanna Domini propose à l'arrogant comte italien de l'épouser : aussi, quelle n'est pas sa surprise lorsqu'il la prend au mot !

Les Prénoms Harlequin

LEONARDO

fête : 6 novembre   couleur : vert

L'allure aristocratique de la zibeline, son animal totem, n'est pas sans évoquer celle du personnage qui porte ce prénom. Etre courtois et raffiné, il oppose une façade d'une totale sérénité aux passions qu'il déchaîne autour de lui. Habile stratège, il considère l'existence comme un jeu, et que le plus astucieux gagne !

C'est un piège diabolique que le comte Leonardo Tempera tend à Joanna, sans se douter un instant qu'il finira par y tomber lui-même...